Abeille
蜜蜂公主

[法] 阿纳托尔·法朗士 著

董馨阳 译 痕 董晓慧 绘

北京理工大学出版社
BEIJING INSTITUTE OF TECHNOLOGY PRESS

版权专有　侵权必究

图书在版编目（CIP）数据

蜜蜂公主 /（法）阿纳托尔·法朗士著；董馨阳译. -- 北京：北京理工大学出版社，2022.4（2025.4 重印）
ISBN 978-7-5763-1024-5

Ⅰ.①蜜… Ⅱ.①阿… ②董… Ⅲ.①童话—法国—近代 Ⅳ.① I565.88

中国版本图书馆 CIP 数据核字（2022）第 028395 号

责任编辑：封　雪　　**文案编辑：毛慧佳**
责任校对：刘亚男　　**责任印制：施胜娟**

出版发行 / 北京理工大学出版社有限责任公司
社　　址 / 北京市丰台区四合庄路 6 号
邮　　编 / 100070
电　　话 /（010）68944451（大众售后服务热线）
　　　　　（010）68912824（大众售后服务热线）
网　　址 / http://www.bitpress.com.cn

版 印 次 / 2025 年 4 月第 1 版第 2 次印刷
印　　刷 / 武汉林瑞升包装科技有限公司
开　　本 / 880 mm × 1230 mm　1/16
印　　张 / 12
字　　数 / 120 千字
定　　价 / 59.90 元

图书出现印装质量问题，请拨打售后服务热线，负责调换

目　录
contents

第一部分　蜜蜂公主

白玫瑰的预示 002	
	006 两个人的友情
特殊的教育 010	
	013 前去修道院
远处的风景 022	
	028 蜜蜂和乔治去探险
湖边遇险 039	

	044	蜜蜂被带到小矮人国
洛克国王的盛情款待	053	
	060	小矮人国的生活
洛克国王的珍宝	065	
	071	洛克国王的表白
现实与梦境	075	
	081	洛克国王的痴情
老努尔的启示	084	
	092	乔治的奇遇
洛克国王的恐怖之旅	101	
	107	老裁缝的遇见

小小的缎鞋 113

惊心动魄的冒险 119

圆满的结局 127

第二部分　孩子的宴会

过草场 132

孩子的宴会 141

艺术家 144

雅克琳娜和米罗 147

钓鱼 149

枯叶 152

	155	小·"水鬼"
玛丽	158	
	161	卡特琳娜的招待会
病愈	165	
	168	罗杰的种马
勇敢	171	
	174	芳绚

第一部分

蜜蜂公主

白玫瑰的预示

白邑（yì）侯国的侯爵夫人走进了祈祷室，她戴着一顶镶着珍珠的黑色帽子，遮住了秀丽的金发，腰间束着寡妇专用的束腰绳。她的丈夫，也就是侯爵先生，在与爱尔兰巨人的殊死搏斗中英勇牺牲，从那之后，侯爵夫人便每天都来这儿为他的亡灵祈祷。

这天，她在祷告座椅上看到了一朵白玫瑰。见到这朵花，她的脸唰地一下变白了，目光也涣散起来。她仰起头，握紧了双手。她深知，白邑侯国的侯爵夫人快要死去时，就会在祷告座椅上看见一朵白玫瑰。

在这个世界的时间是那样的短暂，她匆匆来到人间，结婚、生子、守寡，但现在，她就快要离开这个世界了。想到这儿，她走进儿子乔治的房间，他在侍女的照料下刚睡着。他才三岁，长长的睫毛在小脸上投下一片迷人的暗影,小嘴娇嫩得好似花朵。望着孩子熟睡的脸颊,想到他还这么幼小、这么可爱,她忍不住开始啜(chuò)泣起来。

"我亲爱的孩子,"她哽咽着对他说,"我心爱的小宝贝,你以后就不会记得我了,你漂亮的双眼以后再也看不到妈妈的样子了。我一直想做一个称职的妈妈,亲自给你喂奶;为了更好地爱你,那么多高贵的骑士向我求婚,我都拒绝了。"

说完,她取下一个里面放着她的肖像和一束头发的椭圆形项坠,吻了一下,然后将它挂在儿子的脖子上。这时,母亲的一滴眼泪滴落在孩子的小脸上。孩子醒了,在摇篮里动了动,用他的小拳头揉了揉眼睛。

侯爵夫人立即转过头,走出了房间。孩子那双初显聪慧的双眼中,已经绽放出了生命的光彩,而她那即将黯(àn)淡无光的双眼,又怎能直视孩子的眼睛呢?

她吩咐仆人为她备马,带着侍卫弗朗戈尔,动身前往克拉里德城堡。

克拉里德的公爵夫人拥抱了白邑侯爵夫人,问道:"我亲爱的好姐妹,是什么好风把你给吹来了?"

"把我吹过来的可绝不是什么好风。给你说说吧,我的朋友。我们结婚的时间差不多,又都因为相似的原因失去了丈夫。也是,在这个崇尚骑士精神的时代,最优秀的骑士总是最先牺牲,若想活得长久,只能去做一个不问凡事的修士。你刚生下孩子时,我的孩子已经两岁了。你的女儿蜜蜂犹如骄

阳般光彩照人,我的小乔治也是一个好孩子。我爱你,就如同你也爱着我一样。可是,你知道吗?我在祷告座椅上看到了白玫瑰。我将不久于世,所以,我决定把我的儿子托付给你。"

公爵夫人当然知道白玫瑰的出现对白邑侯国的侯爵夫人来说意味着什么。她哭了出来,涕(tì)泣间应允了侯爵夫人,保证会将乔治当成自己的孩子对待,对他和蜜蜂,绝不厚此薄彼①,不会让任何一个孩子吃亏。

---

① 厚此薄彼:比喻将人或事区别对待。

两位夫人依偎着，走向摇篮，在天空般碧蓝的纱幔（màn）下，蜜蜂公主正甜甜地睡着，她闭着眼睛，挥着两只小胳膊。当她张开小手时，两只袖口中分别射出五束小小的玫瑰色光线。

　　"乔治一定会保护她的。"乔治的母亲说。

　　"她也一定会爱乔治的。"蜜蜂的母亲回答道。

　　"她一定会爱乔治的。"一个细小的声音清楚地重复着这句话，公爵夫人听出来了，这是一个在家中的壁炉下寄居了很久的小精灵发出的声音。

　　白邑侯国的侯爵夫人回到自己的城堡后，把首饰送给了侍女们，又给自己抹上了清香的精油，穿上了最漂亮的衣服，以便让这具身体在迎接最后的审判时，看起来足够体面。然后，她躺在床上，从此长眠。

两个人的友情

一般人要么内心善良却相貌平平,要么空有美貌却心思歹毒,但是克拉里德的公爵夫人却真的是人美心善。她的容貌无比出众,那些王子们光是看到她的画像便想娶她。但面对这些追求者,她都回答说:"我只能有一位丈夫,因为我的心只有一颗。"

然而,在服丧五年之后,她摘下了长长的面纱,除去了黑色的丧服,因为她不想破坏身边人的快乐,希望他们不用再那么压抑,就算在她面前也可以有更多的欢乐。她的公国幅员辽阔,既有欧石南①丛生的荒野,也有巍峨的高山和清澈的湖泊。渔民们常在湖中捕鱼,有时还会捉到一些有魔力的

---

① 欧石南:杜鹃花科、欧石南属的常绿植物。

鱼。而可怕的荒蛮之地①，山峰峻峭（jùnqiào）陡立，在高山的最下面住着一群小矮人——那里是小矮人的地下王国。

有一位年迈的修士从君士坦丁堡逃出来，他辅佐公爵夫人治理着克拉里德公国。这位修士经历过太多残忍暴虐（nüè）和背信弃义的事，已经对人类失去了信任。他离群索居②，住在一座高塔里，与鸟儿为邻，和书籍为伴，他在那里提出了为数不多的几句理政要言："所有废除的法律永不启用；顺应民意，避免激起民愤，但要尽可能缓慢地执行，因为一旦同意了一项改革，民众们便会提出新的变革要求，让步过快和迟疑不决都会导致政权被颠覆。"

公爵夫人让他放手去做，自己从不过问政事。她是一个富有同情心的人，虽然知道人有好有坏，有善有恶，但她还是会对那些因为不幸才变邪恶的人心怀怜悯（mǐn）。她总是尽自己一切所能，对那些不幸的人施以援手，经常探望病患、抚慰寡妇，照顾穷苦的孤儿。

她用一种令人折服的智慧将女儿蜜蜂养育长大。她教育孩子要做一个心存善良的人，所以当孩子为了帮助别人而向她提出的一切要求，她从不拒绝。

这位杰出的女性信守了对死去的朋友的承诺，把那位不幸的白邑侯国侯爵夫人的儿子乔治，当作自己的孩子一样对待。两个孩子一起长大，尽管乔

---

① 蛮荒之地：指偏远荒凉的地方。
② 离群索居：离开集体，独自生活。

治觉得蜜蜂的年纪太小，但是依然很喜欢她。在他们很小的时候，有一天，乔治走到蜜蜂面前问她："你愿意和我一起玩吗？"

"我愿意和你一起玩。"蜜蜂说。

"那我们用沙土制作糕点吧。"乔治说。

两个孩子玩起了沙土。可蜜蜂怎么也做不好，乔治就用铲子拍了一下她的小手。蜜蜂扯开嗓子哭喊起来，正在花园散步的马夫弗朗戈尔听见了，对他的小主人说："欺负一位小姐，这可不是白邑侯爵应有的行为，殿下。"

乔治很想用铲子将马夫打一顿，但这事儿难度太大了，于是他就用了更为简单的法子，用脸抵着大树的树干，放声大哭起来。

这时候的蜜蜂正用拳头揉着眼睛，努力地挤出更多的眼泪。她非常难过，也把脸埋在了旁边另一棵大树的树干上。当夜幕笼罩大地时，蜜蜂和乔治还是各自站在大树前面，不停地哭泣。最后，还是克拉里德公爵夫人过来，一只手牵着女儿，另一只手牵着乔治，才将他们带回了城堡。两个人的眼睛都是红红的，鼻头也是红红的，小脸上全是泪水，而且还在不断地抽泣着，看上去非常可怜。吃晚饭的时候，两个人倒是胃口大开。吃完饭，侍女安顿他们各自睡在自己的床上，但是蜡烛刚被吹灭，他们就像小精灵一样从床上跳下来，穿着睡衣抱在一起，放声大笑起来。

这就是克拉里德的蜜蜂公主和白邑侯国的乔治殿下，他们就这样彼此爱护着对方一起成长。

特殊的教育

乔治和蜜蜂在城堡里一起长大,他亲切地把蜜蜂唤作妹妹,尽管他知道这个小女孩并不是他的亲妹妹。

乔治有很多老师,他们教他击剑、骑术、游泳、体操、跳舞、狩猎、驯鹰、打网球。总而言之,教什么的都有,甚至还有一位老师教他书法。那位老师是一名老学究①,虽然看起来谦逊,但内心却非常倨(jù)傲②,他教授乔治许多字体,越漂亮的字体越难辨认。乔治跟这位老学究学得很无趣,而且也没学到什么东西。另一位老师教的是日常的语法课,但是效果也好不到哪里去。乔治想不明白,人们每天都在说的话,为什么还要费这么大的劲儿

---

① 学究:读书人的通称。
② 倨傲:高傲自大。

去学。

乔治只喜欢和马夫弗朗戈尔在一起。他曾经是个侍卫，骑马去过许多地方，了解各个地方的风土人情以及飞禽走兽的习性。他总是描绘着大千世界，虽然不识谱，但编过许多曲子，只是不知道该怎样写出来。弗朗戈尔是乔治所有的老师中唯一一位让他学到真东西的人，因为只有他是真心爱护乔治的。这世上再也没有什么能比怀有爱意教出来的课效果更好的了。但是书法老师和语法老师，这两个戴眼镜的家伙虽然看彼此不顺眼，却因为嫉恨弗朗戈尔而串通一气，诬告他嗜（shì）酒成性。

弗朗戈尔确实去那个叫"锡（xī）壶"的酒馆次数多了点儿，因为只有在那儿，他才能编出一些曲子来暂时忘掉自己的烦恼。当然了，这件事他也确实有错。

荷马作的词要比弗朗戈尔好多了，而且荷马只喝泉水。要说起烦恼，人人都有，而能让人忘却烦恼的，并不是喝下去的酒，而是给别人带来的快乐。弗朗戈尔总爱去小酒馆确实不对，可是他年纪大了，而且戎（róng）马一生①又忠心耿耿，书法老师和语法老师应该帮他掩饰一下这些小毛病，而不是添油加醋地向公爵夫人告他的状。

"夫人，弗朗戈尔就是个酒鬼，"书法老师说，"他从锡壶酒馆回来的时候，走路都走不成直线，都是'S'形的。不过也是，他也就只会画这么一个字母了；这个酒鬼是个蠢货。"

语法老师也接话道："夫人，他一路上踉踉跄跄（liàngliàngqiàngqiàng）②的，嘴里好像还哼着歌，歌不成歌，调不成调。他根本就不懂得押韵。"

公爵夫人对迂腐的人和爱打小报告的人向来反感。虽说如此，她还是做了换成我们谁都会那么做的事：刚开始，她并不听他们的浑话，但因为这两个家伙没完没了地念叨，她最终还是选择听信了他们的话，决定赶走弗朗戈尔。不过，她还是让他体面地被流放，她派他去罗马觐（jìn）见教皇。从克拉里德公国到教廷所在地，沿途有数不清的酒馆，还有众多歌手和乐师在其中流连，对弗朗戈尔来说，这段旅途确实不短。

在接下来的故事中，我们将会看到，公爵夫人很快就后悔了，因为她把最值得信赖的人从两个孩子身边赶走了。

---
① 戎马一生：指一生都在从军、作战。
② 踉踉跄跄：走路不稳、跌跌撞撞的样子。

前去修道院

复活节后第一个星期天的早上,公爵夫人骑着她高大的栗色马离开了城堡。她的左手边是英俊潇洒的乔治,他骑着一匹乌黑发亮的马,马的额头上有一小撮白色的毛发,就像挂着一颗星星一样。她的右手边是蜜蜂,她身穿粉红色的衣裙,挽着红色的缰绳,骑在一匹浅栗色马上。他们要去修道院做弥撒。手持长矛的士兵们一路随行。民众争先恐后地涌来,都想一睹他们的风采。他们三人看起来精神饱满、容光焕发。公爵夫人的面纱上绣满银色的花朵,身上的斗篷在风中飞扬,看上去美丽又高贵,头饰上镶嵌的珍珠光彩夺目,与她秀美的容貌和善良的心灵同样让人们喜爱。在她身旁的乔治有一头飘逸的秀发,目光灵动,生气勃勃。蜜蜂骑着马缓缓走在公爵夫人的另一侧,她面容娇嫩,满脸纯真,让人一看就满心欢喜。她那一头金色的秀发是

最令人羡慕的，波浪一样的卷发披散在肩上，还系了一根绣着三朵金花的缎带。漂亮的蜜蜂浑身散发着青春的朝气，人们在路上看到她后都惊叹道："看呐，我们这位美丽的、天使般的小公主来了！"

老裁缝约翰的怀里抱着小孙子皮埃尔，他想让自己的孙子也来看一看蜜蜂公主。皮埃尔以为蜜蜂公主是从天上来的仙子，不相信她跟他一样，是活生生的人。皮埃尔那黑黝（yǒu）黝的小脸蛋肉乎乎的，身上穿着粗糙又土气的衣衫。他这个乡下小孩，怎么会想到世界上竟还有如此美丽的人。

公爵夫人一路上露出亲切的微笑，接受民众的致敬，而两个孩子则露出喜悦和骄傲的神情，乔治激动得满脸通红，蜜蜂也笑得甜甜的。公爵夫人见状便问他们："这些勇敢的人们发自真心地向我们致敬。乔治，你怎么看？蜜蜂，你呢？"

"他们做得不错。"蜜蜂回答说。

"这是他们应尽的本分。"乔治补充道。

"为什么说这是他们应尽的本分呢？"公爵夫人问。

看他们答不出来，公爵夫人接着说："我告诉你们吧。三百多年来，一代又一代的克拉里德公爵手握长矛，守护着这些穷苦的人们，才使他们得以丰衣足食。三百多年来，克拉里德的每位公爵夫人都会为穷人纺羊毛、织布匹，救治病人，为新出生的婴儿洗礼，于是孩子们都将公爵夫人视为自己的教母。正是因为祖辈乐善好施，所以他们才会向你们行礼和致敬，我的孩子。"

乔治听了之后很感动，他想："我将来也一定要保护勤劳的人民。"

蜜蜂则想："我将来也一定要为穷人纺羊毛、织布匹，尽力帮助他们。"

就这样边聊边想，他们来到了一片铺满鲜花的草地上。远处是连绵起伏的青山，乔治指着隐隐约约的东方，问："快看那边，是不是有一块巨大的钢盾？"

"好像不是，那是一个月亮那么大的银扣子。"蜜蜂说。

"那不是钢盾，也不是银扣子，我的孩子，"公爵夫人答道，"那是一个湖，在阳光下闪闪发光。从远处望去，湖面平静得如同一面镜子，实际上，水面上正泛着无数的波浪。湖的岸边看似整齐，宛如刀裁，实际上那里长满了芦苇和野菖蒲（chāngpú），芦苇像蓬松的羽毛，野菖蒲则如同草丛中的一只只人眼。每天早上，白雾笼罩湖面，而中午时分，在阳光的照射下，湖面宛如盔甲和盾牌一般闪耀着光芒。你们千万不要靠近那里，因为湖里住着水妖，谁经过那里谁就会被它们拖进水晶城堡。"

这时，他们听到了修道院里传来的钟声。

"下马吧，"公爵夫人说，"我们一起走着去小教堂。很久以前，三位圣人去耶稣出生的马槽觐见时，可既没骑大象，也没骑骆驼。"

他们去听了修士做的弥撒。一位穿着破烂、长相可怕的老妇人在公爵夫人身旁跪着。出了教堂，公爵夫人把圣水给了这位老妇人，并对她说："您拿着吧，老妈妈。"

乔治对此感到非常惊讶，问公爵夫人："您认识她吗？"

"难道你们完全不知道，"公爵夫人说，"我们应该敬重耶稣最怜爱的穷人吗？你受洗的时候，就有一位像这位老妈妈一样的乞丐抱着你，她就是你的教母；而你蜜蜂妹妹的教父也是一个穷人。"

老妇人已经猜到了男孩子的心思，她朝他俯下身去，冷笑道："英俊的

殿下，但愿有一天，您能去征服我曾经失去的王国。我曾是珍珠岛和黄金山的女王；以前，我每顿饭都有十几道鱼做成的菜肴，走路时，还有一个黑仆人专门负责为我提裙摆。"

"那到底出了什么事情，让您丢了珍珠岛和黄金山呢，好婆婆？"公爵夫人问。

"我得罪了小矮人，他们把我赶走了，所以我被迫远离家园，四处流浪。"

"小矮人这么神通广大？"乔治问。

"他们因为终年住在地下，蕴含着智慧和力量，"老妇人回答说，"所以他们懂得矿石的妙用，还会寻找水源。"

公爵夫人说："那您怎么会招惹他们，老妈妈？"

老妇人说："那是十二月的一个晚上，有一个小矮人求我允许他们在城堡的厨房举办一次盛大的圣诞聚餐，我们城堡的厨房比开教士会议的大厅还大，里面什么都准备好了，有各式各样的锅碗瓢盆，酒具也应有尽有。他向我保证什么都不会弄丢，也不会损坏，并且还会保持干净和整洁，但我还是没有答应他的要求。最后，他离开时，嘴里还说着威胁和恐吓我的话。等到了第三天晚上，就是圣诞夜了。那个小矮人又来了，他这次跑到了我的卧房里，而且不是一个人，他还带了数不清的小矮人，他们把我从床上拉下来，我就这样穿着睡衣被搬到了一个完全不认识的地方。

"'看,'他们把我丢在那儿对我说,'这就是对你们这些富人的惩罚,我们小矮人每天辛勤劳作,没有我们的辛苦付出,你们能这么富有吗?可你死守着财富,一点儿好处都不想给我们。'"

听完这位没了牙的老妇人说的这番话,公爵夫人安慰了她几句,给了她一些钱,便带着两个孩子回城堡去了。

远处的风景

　　这件事发生后不久，一天，蜜蜂和乔治趁大家没留神，偷偷爬上了矗（chù）立在克拉里德城堡中心的主塔。等爬上了塔顶的平台，他们不禁开心地欢呼起来。

　　一片连绵不绝的山坡在他们眼前展现开来，它们被分成许多小块的耕地，有的裸露着土色，有的泛着绿意。树林中一片青翠，远山如黛（dài）。

　　"妹妹，"乔治叫喊着，"妹妹，我现在能看见整个世界啦！"

　　"世界可真大啊！"蜜蜂说。

　　"老师之前教过我，"乔治说，"说它非常大，我们的管家也和他说的一样，但亲眼见了之后，我才知道它到底有多大。"

　　他们沿平台的四周走了好几圈。

"你看这多神奇啊,哥哥,"蜜蜂嚷道,"城堡在这片土地的中央,而我们现在就站在城堡中央的主塔上,那我们现在就在世界的中央啦!太棒啦!"

她说得没错,天际线围绕着这两个孩子形成了一个圆圈,主塔正位于这圆圈的中心。

"我们现在就在世界的中央!"乔治和蜜蜂一起大笑了起来,陶醉在这广阔无垠(yín)的世界中。

接下来,两个孩子开始思考起来。

"世界这么大,可真糟!"蜜蜂说道,"人们会迷路,那他们就找不到自己的家人和朋友了,还会遇到很多灾难……"

乔治耸耸肩说:"世界这么大,难道不好吗?人们可以在世上探险。蜜蜂,等我长大了,我就要去征服世界尽头的一座座高山,月亮就是从那儿升起来的。你相信吗?到时候,不等月亮升到空中,我就把它摘下来送给你,我的小蜜蜂。"

"那好呀!"蜜蜂高兴地说,"你要是把月亮摘下来送给我,我就把它戴在头上。"

他们四下张望,像看地图一样,到处寻找自己熟悉的地方。

"我全都能认出来,"蜜蜂说,"但是我有点儿不清楚山坡上那些方形的小石块是什么。"

其实蜜蜂公主什么也认不出来,她并不知道那些都是什么。

"是房子啊!"乔治告诉她,"那些都是房子。你认不出克拉里德公国的都城了吗?它可是一座大城市啊,城里有三条大路,其中一条路还允许驾马车走呢。就是上星期去修道院时咱们走的那条路,你想起来了吗?"

"哦,我想起来了。那么旁边的那条弯弯曲曲的小溪呢?"

"是大河啊。你看那边,那不是老石头桥嘛。"

"我们去捉大虾的那座桥吗?"

"就是那座桥,桥上还有一座'无头女'的石像呢。不过我们从这儿看不见,因为它实在太小了。"

"我想起她了。那她为什么没有头呢?"

"唔,大约是她把头藏到什么地方去了吧。"

于是,蜜蜂又开始凝望着远处的地平线。

"哥哥,哥哥,你看到大山旁边有什么东西在闪闪发光吗?是那个湖吗?"

"就是那个湖!"

他们想起公爵夫人给他们讲过,那片水域(yù)危险又美丽,里面还住着一群水妖。

"我们干吗不到那里去看看那个大湖呢?"蜜蜂说。

这个提议让乔治惊讶得张大了嘴巴,他叫道:"公爵夫人不许我们自己出去玩，再说湖离得又那么远，我们怎么去呢？"

"我不知道要怎么去，但你应该知道啊，你现在可是一个男子汉了，何况你还有那么多老师呢。"

乔治听了这话有点儿生气地说："每个男孩都会成为男子汉的，但那并不代表他就一定认识全天下的路啊！"

蜜蜂露出了一个不屑的表情。乔治看着她那副表情，脸都红到耳朵根了。她干巴巴地说："我可没有说过要去爬世界上最高大的山，也没说过要去把天上的月亮摘下来。如果换作我，我想我一定敢于去寻找那条前往大湖的路，我一定能够到达的，你信不信？"

"哈哈哈……"听完蜜蜂的话后，乔治难为情地假笑了起来。

"你现在的样子看起来太酸了，像根酸黄瓜一样，先生。"

"怎么会呢，要是酸黄瓜倒还好了呢，它不会哭也不会笑。"

"那么，好吧，我就自己去大湖那里了，我要去找水妖们住的地方了，你就像小女孩一样，乖乖地一个人在城堡里待着吧。我把我还没有做完的东西和那些布娃娃全都给你。"

乔治的自尊心很强，蜜蜂说的话让他感到羞愧。他低着头，沉着脸，低哑着声音说："去就去！走，我们去大湖！"

# 蜜蜂和乔治去探险

第二天吃过饭以后,公爵夫人回到了自己的房间。乔治马上抓住蜜蜂的手说:"咱们走!"

"去哪儿呀?"

"嘘!小声点儿,跟我走。"

他们走下楼梯,穿过院子。等他们穿过城堡暗道的时候,蜜蜂又问了一遍:"这是要去哪儿?"

"去大湖啊!我们昨天不是都说好了吗?你怎么忘了!"乔治语气坚定地答道。

蜜蜂听了乔治的话后,惊讶得张大嘴巴。走得这么匆忙,什么都来不及准备,连脚上的这双缎子制成的布鞋都还没换下来呢,这让人家怎么出远

门啊?

"赶快走吧,别磨磨蹭蹭的了。"乔治不耐烦地说。

昨天的乔治还因为蜜蜂的数落感到羞愧,这会儿却像个要干一番大事业的小大人一样了,这让蜜蜂太吃惊了。

这回换作乔治用布娃娃数落她了,还说女孩子们都有一个毛病:总爱怂恿(sǒngyǒng)别人去干冒险的事,而自己却临阵退缩。那就让她留在城堡里好了!他要自己去了,说走就走!

她听了之后赶忙拉住乔治的胳膊,乔治却将她推开了。尽管她不敢去冒险,但是一想到乔治要离开自己独自去探险,瞬间就慌了,用双手钩住了他的脖子。

"哥哥!"她抽泣着说,"我也一定要跟着你去。"

看着蜜蜂一脸真诚的样子,乔治心软了。

"来吧,那就快出发吧。"他说,"我们可不能从城里穿过去,不然会被人看到的。我们最好沿着城墙走,然后从小路抄到大路上去。"

于是,两个人手拉着手出发了。路上,乔治把自己想好的计划告诉了蜜蜂。

"我们先往修道院那个方向走,上次就是在那条路上发现大湖的,这次肯定也看得到。接下来,我们穿过田野,沿着蜜蜂飞过的路走,就会到达目的地了。"

"沿着蜜蜂飞过的路走"也就是"直着走"的意思，这是乡下人喜欢打的一种有趣的比方，这种表达正好把蜜蜂的名字巧妙地融合在了一起。说到这里，两个人都默契地笑了起来。

走在路上，蜜蜂摘下了路边沟渠旁的野花和野草，将它们扎成一把花束。花朵在她的小手中很快就蔫（niān）了，看着还挺可惜的呢。

经过老石头桥的时候，她请求乔治将她抱起来，举得高高的，好让她可以够得着那个"无头女"的石像。然后，她把怀里的一束野花放在了石像交握的双手之间。

他们继续往前走，在走了一段路之后，她回过头去看石像，居然看到一只鸽子停落在石像的肩膀上。

他们又走了很久，蜜蜂说："受不了啦，我口渴了。"

"我也是，"乔治说，"但是我们现在离大河已经很远了，我也没看到附近哪里有小溪或泉水，先忍一忍吧。"

"太阳太晒了，它肯定把小溪和泉水都晒干了。这下咱们怎么办呢？"

就在两个人口干舌燥，正发着牢骚的时候，他们忽然看到一位农妇挎着一篮水果走了过来。

"有樱桃！"乔治叫了出来，"但我身上没有钱，怎么买呢？这可讨厌啊！"

"我有钱啊！"蜜蜂说。

她从兜里掏出一个钱包，里面有五枚金币，于是她拿起一枚金币对农妇说："这位大婶，请您卖给我一些樱桃好吗？用我的裙子来装就可以了。这些钱够吗？"

农妇高兴地接过这枚金币。这些钱别说买下她篮子里所有的樱桃了，就是买下所有的樱桃树，甚至买下这一大片果园都绰绰有余。

这个狡黠（xiá）的农妇答道："当然可以呀，我的小公主，可我也不能让你吃亏啊。"

她边说，边让蜜蜂用两只手撩（liāo）起裙边。农妇只抓了两三把樱桃扔在裙兜里。

蜜蜂用一只手抓住撩起的裙边，另一只手又掏出一枚金币递给农妇，问道："请您再多给我一些樱桃好吗？我再给您一枚金币，您把它装在我哥哥的帽子里。"

农妇照她的话做了，然后紧握着手里的两枚金币兴高采烈地走了。

两个孩子买过樱桃后继续赶路。他们一边吃着樱桃，一边把果核丢在大路的两边。

乔治挑出一些漂亮点的樱桃，给妹妹做成了耳环。看着两颗红艳艳的果子戴在蜜蜂的脸颊旁，乔治开心地笑了起来。

走着走着，蜜蜂被一块小石子硌了脚，疼得一瘸一拐起来。每走一步，她金色的发卷就在脸颊旁摆动一下。她就这样跛着脚，一直走到路边的斜坡

那里，然后坐下来休息。

乔治在她身边蹲了下来，把她的缎鞋脱了下来，抖了抖，只见一颗白色的小石子从鞋子里蹦了出来。

蜜蜂的脸上丝毫看不出一点儿灰心的样子来，她看了看自己的脚，对乔治说："好哥哥，下回再来这里，我们可得穿上靴子了。"

晴朗的天上，太阳高高挂着。阵阵微风迎面吹来，这两位前来探险的旅行家瞬间觉得凉爽了许多，便打起精神继续勇敢地踏上了旅程。

为了走得更起劲儿，他们两个手挽着手，一路欢笑，一路高歌。

忽然，蜜蜂停下脚步，大声地说道："我的鞋子掉了，我的缎鞋掉了！"

果然，她的鞋子掉了一只。鞋子上的缎带在走路的时候松开了，满是灰尘的鞋子就掉在了路中间。他们只好又停了下来。

蜜蜂往身后的远方看去，只见克拉里德城堡已渐渐地消失在了迷蒙的烟雾中，她觉得心头一紧，泪水顿时涌出了眼眶。

"等天黑了，我们就会被狼吃掉，"她说，"母亲以后就见不到我们了，她会伤心死的。"

但乔治帮她穿好鞋子后，对她说："等城堡的晚钟敲响，我们就赶回去，好吗？现在咱们继续走吧！"

这时，远处传来阵阵歌声，乔治听着听着，突然眼前一亮，大叫道：

"大湖!蜜蜂,你快看,是大湖!那就是我们要找的湖!"

"没错,乔治,真的是大湖!"

乔治欢呼着、高喊着,把帽子抛到了空中。蜜蜂衣衫整齐,不愿像乔治那样扔掉帽子,但她把那只完全不跟脚的鞋脱了下来,把它扔过头顶,以此来表达心中的喜悦和兴奋。

远远望去,山谷下方　　　　的湖面上闪烁着银色的波光。群山环绕在大湖四周，就像一层天然的屏障。湖水静谧（mì）又澄澈，微风吹过，只见湖畔上的水草泛起阵阵绿波。

然而，两个孩子在密林之间绕了好半天，也没有找到任何通向湖边的路。

就在他们四下找路的时候，前面走来一群鹅，一个穿着羊皮袄的小姑娘，手里拿着一根竹竿跟在鹅群后面。

乔治走上前去，礼貌地叫住了她，并问她叫什么名字。

放鹅的小姑娘回答道："我叫吉尔伯特。"

"那么，吉尔伯特，请问到湖边怎么走？"

"你们不能去那里的。"

"为什么？"

"不为什么……"

"那要是有人非去不可呢？"

"要是有人非去不可，就走这条路呗。"

放鹅女孩的话说完以后，乔治就赶紧顺着她指的路走去。

"继续走吧，"乔治说，"到了前面的树林肯定就有路了。"

"我们还可以再摘点榛（zhēn）子吃，"蜜蜂说，"好饿呀！下次我们再出来，一定要带一箱子好吃的。"

乔治说："你说得非常对，我的妹妹。我现在总算明白弗朗戈尔去罗马的时候，为什么要带那么多火腿和大酒壶了。咱们得快点儿了，尽管不清楚现在几点了，但是我觉得时间已经不早了。"

"牧羊人看一看太阳就能知道时间，"蜜蜂说，"可惜我不是牧羊人，不过我觉得我们出发的时候，太阳还在我们头顶上高高挂着呢，可现在，你看它已经远远地跑到西边去了，在克拉里德城堡后面很远的地方。太阳今天是不是很特别？也不知道它是不是每天都这样啊？"

就在他们看着太阳的时候，忽然，远处响起了一阵马蹄声，路上卷起了漫天的尘土，一队骑士策马奔过，手中的兵器锋芒逼人。

两个孩子看到后吓坏了，赶忙躲进了灌木丛里。他们以为这些人不是强盗，就是吃人的妖魔。

实际上，他们是克拉里德公爵夫人派出的卫兵，他们是出来找这两个外出探险的小家伙的。

两个小探险家终于在密林中发现了一条狭窄的小径，这么弯弯曲曲的小径，显然不是给情侣散步用的，因为它太窄了，窄得让人根本没法牵着手并排走。

这条小径上完全没有人经过的痕迹，但是却有许多分叉的小爪印。这么多爪印，到底是谁留下的呢？

"这也许是小魔鬼走过的脚印。"蜜蜂说。

"也可能是麋（mí）鹿的脚印。"乔治说。

这到底是谁的脚印,他们根本弄不清楚,但有一点可以肯定,那就是小径一路缓缓向下,一直延伸到湖边。

大湖出现在两个孩子眼前,它有一种宁静又秀丽的美。岸边的垂柳枝条轻软,围绕在湖面的四周。芦苇在湖面上轻柔地摇曳着苇秆,小巧的芦花随风轻轻摆动,好似一座座飘摇的小岛。它们的周围是一大片睡莲,莲叶漂浮在水面上,一朵朵白色的花渐次绽放。

在这些花朵周围,飞舞着一只只小蜻蜓,它们的翅膀红绿相间,身上泛着五彩的光芒,在天空中划出一道道优美的弧线。

终于看见目的地了,两个孩子喜出望外,两双走得发烫的小脚踩在满是石块的湿漉(lù)漉的地面上。地上满是大团的水藻,还有长长的蒲草。在静谧的湖畔上,蒲草湿润的长茎散发着迷人的芳香,车前草在岸边舒展着叶子,水兰花紫色的花朵散落在各处,星星点点。这些花花草草都在向孩子们点头,表示友好的问候。

优美的风景让乔治和蜜蜂顿时忘记了长途跋涉的疲倦,连腿脚的疼痛都想不起来了。

湖边遇险

他们沉醉在眼前的美景中，一边走一边欣赏迷人的景色。

蜜蜂走在岸边的两排垂柳之间，忽然，前面有一只青蛙扑通一下跳进了湖里，湖面上的一圈圈涟漪（liányī）荡漾开来，然后渐渐消失。

四周静悄悄的，一阵清凉的微风拂过澄澈的湖面，泛起的每道波纹都好似蕴含着盈盈笑意。

"这片湖真好看啊！"蜜蜂说。等看够了风景，她才想起自己的鞋子破了，脚也在流血，而且肚子早就饿了，好想快回到城堡里去。

乔治一边安慰着蜜蜂，一边扶着她在草地上坐下，又摘了一些树叶把她的脚包裹起来，这样可以让她舒服一点儿，然后他想再去找一些吃的东西。刚才在路上，他看见大路旁边有些桑果已经红得发黑了。他想把最甜、最大

的桑果装在帽子里带给蜜蜂吃,就对她说:"把你的手帕给我,我再去摘一些桑果包在里面。离这儿不远的地方,在小径旁边的树荫里有好多榛子,我把它们装在口袋里,带回来给你吃。"

他在一棵树下面给蜜蜂铺好了一张简单的草床,然后就匆忙走了。

蜜蜂躺在那张草床上,握着双手,看着星星一颗一颗地闪烁在灰蓝色的天幕上,越来越亮。接着,她感到了疲倦,双眼开始越来越模糊。

恍惚中,她好像看见空中有一个小矮人骑在一只乌鸦身上飞。这完全不是幻觉。小矮人紧了紧乌鸦口中衔着的缰绳,停在蜜蜂的上方,眼睛瞪得圆圆的,盯着她看了半晌,看到眼睛都有点儿刺痛了才疾飞而去。

蜜蜂迷迷糊糊的,没有看清楚发生了什么,紧接着,她的眼皮微微合上,陷入了沉睡。

乔治带着采到的果子回来,见到蜜蜂已经熟睡了,便把果子放在了她的身旁,向湖边走去,想等着她慢慢醒过来。

大湖也在摇摇欲坠的水草下沉睡了起来,水面上开始隐约泛起一层淡淡的白光。突然,一轮明月从枝杈间升起,照耀在湖面上,那里顿时水波荡漾、闪闪发亮。

乔治看得很清楚,湖面上的流光并不全都是月亮发出的光芒。他看到许多蓝色的光焰随波摇曳(yè),盘旋着不断靠近,好像在跳圆圈舞一样。他很快发现这些光焰是从一个个女子洁白的前额上射出来的。紧接着,这些女

子美丽的脸孔从波涛中升起,她们头上戴着用水藻和贝壳编成的头冠,绿色的长发披散在肩膀上,一缕薄纱罩在胸前,胸口点缀的珍珠闪闪发光。

　　乔治认出她们就是水妖,转身想逃跑,但是已经被一只只苍白又冰冷的手紧紧抓住了。他一边挣扎一边呼救,但还是被这些水妖拖了下去,穿过层层湖水,带往用水晶和石块修建的宫殿。

蜜蜂被带到小矮人国

乔治已经被湖里的水妖抓走了，可蜜蜂还在睡梦中。夜空中挂着一轮皎洁的明月，湖面上的月亮倒影还在不停地晃动着。

突然，刚才盯着蜜蜂看的小矮人又骑着乌鸦飞了回来。

这次，他的身后还跟着一群小矮人。他们的身材都非常矮小，只有小孩子的个头那么高，可一个个却都长着一张老头子的脸，长长的白胡子一直垂到膝盖。他们身上系着皮围裙，腰间挂着锤子，可以看出他们是冶炼金属的工匠。

这些小矮人走路的姿势非常滑稽（jī），他们先是高高跃起，然后再朝着空中翻了好几个跟斗，动作十分灵活，看得人眼花缭乱。也正因如此，与其说他们像人，倒不如说他们更像小精灵。可是他们在做出这些顽皮的翻腾动作时,又都是一副正儿八经的样子,一时间让人难以捉摸,猜不透他们究竟想干什么。

小矮人在沉睡的蜜蜂身边围成一圈。

"怎么样?"身材最矮的小矮人说,他还在空中,骑在长满羽毛的坐骑上,"怎么样?我跟你们说世界上最漂亮的公主睡在湖边,没骗你们吧?把你们带到这儿来亲眼看看,难道你们不该好好感谢我吗?"

"谢谢你带我们来,鲍勃,"一个小矮人回答道,他看起来好像一个年迈的诗人,"没错,这世上确实没有人比这位年轻的小公主更漂亮了。她的脸庞比晨曦(xī)更加瑰丽,她的秀发比黄金还要光彩夺目。"

"真是这样,皮克,你说得太对了!"小矮人们应声道,"那现在我们该拿这位漂亮的公主怎么办呢?"

皮克完全不知道怎么回答大家的问题,至于该拿这位漂亮的公主怎么办,他也并没有什么更好的主意。

一名叫吕格的小矮人对大家说:"咱们弄一个大笼子,把她关在里面得了。"

另一个叫蒂格的小矮人对吕格的提议表示反对。蒂格觉得只有野兽才会被关在笼子里,可这位漂亮的公主怎么看也不像野兽。

尽管吕格认为伙伴的话是对的,但他依然坚持自己的建议。甚至诡辩道:"就算现在她和野兽毫不沾边,可我们如果不把她关起来,让她跑进山

林里，时间一长，她不就变成野人了吗？那样，把她关在笼子里就更有必要了！"

这个推理惹恼了小矮人们，其中一个叫塔德的小矮人愤怒地谴责了他。塔德是一个光明磊落的小矮人。他建议应该把这位美丽的女孩送回她父母身边，也许她的父母正在焦急地寻找她呢。但塔德的这个建议也被大家否决了，因为这不符合矮人国的习俗。

"我们做事情要分是非对错，"塔德说，"不能一味墨守成规。"

可是没有人听他的话，大家各执己见，乱哄哄地吵作一团。这时，一位叫作珀（pò）奥的小矮人发话了，他的建议虽然简单，但很合乎情理，他说了下面这番话："既然这位女孩自己醒不过来，那我们应该先把她叫醒，她要是一直这么睡着，明天早晨醒来后眼睛肯定是肿的，这会有损她的美貌。再说了，她在湖边的树林里睡觉，对身体也不好啊。"

这个建议得到了大家的一致赞同，因为它和其他建议并不冲突。

小矮人皮克，那个看上去像是疾病缠身的老诗人走到蜜蜂身边，一脸严肃地凝望着她，他以为光凭他的目光就能把她从熟睡中唤醒。可惜皮克高估了自己，蜜蜂仍然酣睡不醒。

看到这一幕，正直善良的塔德轻轻地拉了拉蜜蜂的衣袖，只见她双眼微睁，撑着手肘坐起身来。

她看到自己睡在一张草床上，身边围着好多小矮人，还以为自己看到的是睡梦中的景象。于是她揉了揉眼睛，想驱散这些奇妙的幻象。她看见清晨柔和的阳光，还以为是在自己的卧房里。因为她太疲劳了，所以睡得很香，都忘了此刻自己还在遥远的湖边，并没有回到家里呢。可她怎么揉眼睛都没用，小矮人们还在眼前，这时，她才相信眼前的一切都是真实的，他们真的是一群小矮人。

她惊吓地四处张望，看到了树林，才想起来到底是怎么回事，她突然害怕地哭喊起来："哥哥！乔治哥哥！"

小矮人们殷（yīn）勤地围了上来，可蜜蜂瞧着他们十分害怕，用手捂住了脸。

"乔治！乔治！乔治哥哥你在哪儿？"她抽泣着哭喊道。

小矮人们没法告诉她乔治在哪儿，因为他们也不知道到底谁是乔治。她呼喊着妈妈和哥哥，流下了滚烫的泪水。

看着蜜蜂这么难受，珀奥都想陪她一起哭了，但他觉得目前还是应该安慰一下她，于是对她说："别难过，这么漂亮的女孩子，这样哭会把眼睛哭坏的。不如和我们说说发生什么了，你是怎么跑到这儿来的，过程一定很有意思吧？我们都很想听听。"

蜜蜂完全不想听他的话，急忙站起来想要逃跑。可她的腿脚肿痛，又没有穿鞋，一站起来就摔倒在地上了。这下可好了，她号啕大哭起来。

塔德扶着她的手臂，珀奥轻轻亲吻了她的手。她看这些小矮人似乎很温柔，这才有勇气睁开眼睛看了看他们。她看得出这些小矮人对她很怜惜，而且没有一点儿恶意。认真地打量一番之后，她才对他们说："很抱歉，小矮人们。因为你们的样子让我很害怕，所以我才想着要逃跑，现在看到你们对我这么关心，我才放下心来。要是你们能给我一点儿吃的东西就好了，我会很感谢你们的，我现在实在是太饿了。"

"鲍勃！"小矮人们异口同声地喊道，"快找点儿吃的东西去。"

鲍勃骑着乌鸦离开了。小矮人们刚才竟然听到蜜蜂说害怕他们的长相，心里有些不是滋味。吕格听了这话后十分生气。皮克劝慰自己："她还是一个孩子，无法看到我们的目光中蕴含的灵性与智慧，也看不到我们神奇的力量和动人的魅力。"

珀奥心中暗想："早知道这个小女孩嫌弃我们的外貌，刚才就不叫醒她了，就让她一直睡下去，变得难看。"

只有塔德笑盈盈地对蜜蜂说："这位小姑娘，等你以后了解我们了，会喜欢上我们的，也就不会觉得我们难看啦。"

他的话刚说完，就看见鲍勃骑着乌鸦回来了。他手上托着一个金盘，上面摆放着一只烤山鹑（chún）、一个面包和一瓶葡萄酒。他翻了好几个跟斗，才把这些食物放在蜜蜂的脚边。

蜜蜂边吃边说："小矮人们，你们送来的食物味道真不错。我叫蜜蜂，我是和我的哥哥乔治一起来到这里的，现在你们能帮我一起找哥哥吗？我要和哥哥一起回克拉里德城堡，妈妈肯定急坏了。"

可热心的小矮人蒂格提醒蜜蜂，现在她走不了路，她哥哥是一个大孩子了，能自己回家，而且这附近的凶猛野兽已经被消灭光了，他肯定不会有什么大碍。接着他又说："我们一会儿做一副担架，在上面铺上叶子和苔藓，让你坐在上面，我们就这样担着你，按照我们小矮人国的规矩，我们得带你去觐见我们的国王。"

大家都拍起手来表示同意。蜜蜂看着自己隐隐作痛的双脚，没说话。当她听到这附近没有凶猛的野兽出没时放心了。其他的事情，她只好拜托给这些友好的小矮人了。

小矮人们已经造起了担

架,带着斧子的小矮人,三下五除二就砍倒了两棵不太粗的冷杉。

看到被砍倒的树,吕格又想起了他之前的建议。

"要是不做担架,"他说,"做一个笼子怎么样?"

可他的话招来了所有人的反对,大家都轻蔑(miè)地瞥(piē)了他一眼,大声地斥责他说:"吕格,我们小矮人和人类可不一样,我们要团结友好、诚实善良。你这个家伙虽然心眼儿不坏,但十分愚蠢,让我们小矮人一族都瞧不起。"

说归说,大家手里的活都没停下。

小矮人们跳到半空中,一边飞行一边砍断枝条,手脚麻利地把它们扎成了一个架子。他们在架子上铺了许多苔藓和树叶,让蜜蜂坐在上面,然后,他们同时抬起扶手,扛在了肩上,"嘿呦嘿呦"地喊着,朝着大山进发。

洛克国王的盛情款待

小矮人们沿着蜿蜒(wānyán)的小路爬上一个山坡,坡上的树木郁郁葱葱。透过深绿色的橡树林,可以看到四处矗立着大块锈色的岩石,棕红色的山体伴着蓝色的峡谷,交汇成一片幽静而美丽的景色。

在队伍前领头的是骑在乌鸦上的鲍勃,其余的小矮人们则抬着架子走进了一条布满荆棘(jīngjí)的裂谷中。蜜蜂的一头金发披散在肩头,灿若朝霞,但当她隐隐约约看到岩石的夹缝之间埋伏着一些全副武装的小矮人卫兵时,又被吓得哭喊了起来。

这些小矮人卫兵的身上穿着兽皮,腰间挂着长刀,手里拿着弓箭和长矛,一动不动地埋伏在那里,看起来很可怕。他们的脚边还堆放着一些飞禽走兽,肯定是刚捕到的猎物。

蜜蜂认真注视着这些小矮人的脸,才发现他们的表情绝非凶神恶煞(shà),而是和森林里遇到的小矮人一样,看起来既严肃又温和。

在这群猎手中间,有一位小矮人相貌不凡,看起来很威武。他耳后别着一根雄鸡的翎(líng)羽,头上戴着一顶王冠,上面还镶嵌了巨大的宝石。他的肩上披了一件斗篷,两条结实的手臂上戴着许多金环,腰间挂着一个号角,是用象牙和白银雕刻而成的。他左手持一支长矛,正望向阳光照射的方向。

"洛克国王,"跑在最前面的一个小矮人向他报告说,"我们发现了一个美丽的女孩,现在把她带来了。她叫作蜜蜂。"

"做得不错!"洛克国王说,"根据我们小矮人国的规定,从现在开始,她得和我们一起生活了。"

然后,他走到蜜蜂跟前对她说:"美丽的蜜蜂,欢迎你。"

他对蜜蜂说话的时候非常温柔,因为一见到她,他就对她产生了好感。他踮起脚尖,吻了吻蜜蜂垂下的手,向她保证他不仅对她毫无恶意,而且会满足她的任何要求,在这个世上,无论她想要什么都可以,不管是项链、镜子、羊绒还是中国丝绸。

"我想要一双鞋子。"蜜蜂回答说。

洛克国王用长矛敲了敲挂在岩壁上的铜盘,立刻有一个东西像子弹一样弹跳着从岩洞深处蹦了出来。

这个东西逐渐变大，原来是一个小矮人，他长得很像画中的士兵，可身上穿的皮围裙却显示出了他的鞋匠身份。实际上，他正是小矮人国里手艺最好的鞋匠。

"吕格，"国王对他发话了，"到我们的仓库里挑一张最柔软的皮料，取一些带着金丝银线的布料，再向我宝库的守卫要一颗最好的珍珠。然后你用这些给这位美丽的姑娘做一双鞋子吧。"

话还没说完，吕格就已经跪在蜜蜂的脚边，仔细量起了尺寸。但蜜蜂却说："亲爱的洛克国王，请您尽快将鞋子做给我，我穿上鞋子，就能回到克拉里德城堡见我的母亲了。"

"你很快就会有鞋子穿的，"洛克国王回答道，"你会穿着鞋子在山间漫步，而不是回到克拉里德城堡去。因为你要遵从我们王国的规矩，既然来了就不能走出去了。而且在我们这里，你将了解地面上的人类猜不透的宝贵秘密。何况，你一个人是无法走出这个国度的。小矮人比人类厉害多了，我们将你留下是你的幸运和福气呀。"

"我才不要这种幸运和福气呢，"蜜蜂答道，"洛克国王，您给我一双农民穿的鞋子也行，请让我回到克拉里德城堡吧。"

但洛克国王摇了摇头，表示这不可能。

蜜蜂双手交握，柔声细语地说："洛克国王，您就让我走吧，我会非常感激您，并且以后一定会报答您的。"

"一旦回到地面重见阳光,你便会把我抛到脑后。还是算了吧,蜜蜂。"

"洛克国王,我不会忘记您的,请您一定要相信我啊,我会像喜欢'风之息'一样喜欢您的。"

"谁是'风之息'?"

"'风之息'是我最爱的马儿,它是浅栗色的,缰绳是红色的。在我很小的时候,每天早上马夫弗朗戈尔都会把它牵到我的卧房里,让我抱它,把草喂给它吃。但是现在,弗朗戈尔在罗马,'风之息'也长大了,上不了楼梯了。我真的很想回去见到他们。"

洛克国王笑了一下,问:"蜜蜂,你对一匹马尚且都这么热爱,以后一定会更喜欢我吧?"

"也许会吧。"

"那太好了!我们就一起等着那一天的到来吧。"

"我是愿意这样,但我做不到。我恨您,洛克国王,因为您不让我见到妈妈和乔治。"

"乔治又是谁?"

"乔治就是乔治,我爱他。"

面对天真的蜜蜂,洛克国王对她的好感更加强烈了,他已经盘算着等蜜蜂长大后,就娶她为妻,这样,人类和小矮人之间的隔阂(hé)就会因为她而消失。

　　但是，他担心她口中的乔治会成为自己的对手，让他无法得偿所愿。想到这里，他皱起了眉头，心事重重地低下头走开了。

　　蜜蜂见自己惹得洛克国王不高兴，轻轻地拉了拉他的衣角。

　　"亲爱的洛克国王，"她忧伤地柔声说道，"我们为什么要让彼此不快乐呢？"

　　"蜜蜂，这并不是谁的过错，这里面有很多原因，"洛克国王回答道，"我不能让你回到你母亲身边，但我可以让你给她托梦，让她知道你的情况。亲爱的蜜蜂，这样她会安心一些。你要相信我。"

　　"洛克国王，"蜜蜂微笑着说，"这个主意真好，不过您得每天晚上都让我给我母亲托梦，让她在梦里看到我。此外，还得让她每天晚上也给我托梦，让我在梦里也能够见到她。"

　　洛克国王答应了，而且他说到做到，每天晚上蜜蜂都能见到妈妈，公爵夫人也能见到她的女儿，虽然这只能稍稍缓解彼此的思念之情。

小矮人国的生活

蜜蜂就这样在小矮人国生活了下来,渐渐地,她开始有心情来看一看这个不一样的世界了。

他们的王国位于地下幽深之处,地域辽阔。虽然只能透过岩石的缝隙(xì)来看一看头顶上的天空,但是这片地下世界的广场、街道、宫殿和大厅并不是一片漆黑的。只有为数不多的几间房屋和岩洞密不见光,其他的地方都是光彩辉煌。这里照明用的不是灯烛和火把,而是天上的日月星辰照射下来的一种神奇的光芒,这种光芒照耀着整个王国。雄伟的建筑从岩壁中凿出,花岗岩上的宫殿高大巍峨。山洞穹(qióng)顶之下,那些楼房和石屋被橙黄色的星光笼罩着,虽然没有月光那么明亮,但轮廓隐约可见。

在这个国度里，有固若金汤的堡垒，还有一眼望不到尽头的扇形剧场。石头井的井壁上刻着各种精致的花纹，从井口望下去，里面深不见底。高大的建筑与居住在这里的小矮人实在不成比例，可却显示出他们巧夺天工的手艺和奇思妙想的创意，也只有这群聪明的小矮人才能打造出一个这样的地下王国。

小矮人们裹着树叶编织成的披肩，快乐地穿梭在这些建筑物之间。常常会见到有的小矮人从路面上高高跃起，一下跳到两三层楼那么高，然后像一只皮球一样一路弹过去。整个过程中，他们一直保持着严肃的神情，这种神情常常可以在古代伟人的雕像上见到。

没有哪个小矮人游手好闲，他们都在勤恳地工作着。地下王国里到处回响着铁锤的敲击声和机器的轰鸣声，一大群矿工、铁匠、石匠、珠宝匠，个个都在认真又灵巧地挥动着十字镐（gǎo）、锤子、钳子、锉子，井然有序地工作。

但在这个国度里，却有一个地方很幽静，那就是王宫。

那里，天然的岩石错落不齐，既有形状各异的石柱，也有威武的雕像，它们看起来就像是一件件古老又文明的艺术品。那里有一座低矮却宽敞的宫殿，殿门并不高大，那就是洛克国王的王宫。

王宫对面是蜜蜂的新家，那是一个只有一间房子的小屋，房里挂着轻纱幔帐，木质的家具散发着隐隐的香气。明媚的阳光从一道岩缝中射进屋内。

在晴朗的夜晚，还可以透过岩缝看到天上的星星。

蜜蜂并没有专门指派来伺候自己的仆人，但所有的小矮人都争先恐后地想满足她的需求、揣测她的心思。大家都乐意为她效劳，只是没有人放她出去重返地面。

这群小矮人非常聪明，掌握了这个世界的许多奥秘，他们都乐于教导蜜蜂。可是，在小矮人的国度里，却没有文字。他们并不是照着书本上的知识教她，而是把她带到大自然中，教她辨识山川大地上的各种植物和动物，以及从大地深处开采出的各种矿物和宝石。小矮人们用真实的情景体验让蜜蜂学到了大自然中许多有趣的知识。

小矮人们给她制作了许多玩偶，这些玩偶是地面上任何有钱人家的孩子都不曾拥有过的。

小矮人们心灵手巧，发明的机械巧夺天工。他们给蜜蜂制作的玩偶，不仅能做出优雅的舞蹈动作，而且说出的话语，就像诗歌朗诵一样优美。

把这些玩偶放在小剧场里，将舞台挂上各式各样的布景，它们就会表演非常有趣的节目。

虽然这些玩具玩偶还没有人的胳膊高，但是它们表演起来惟妙惟肖，有的扮演可敬的长者，有的扮演壮年男子，有的扮演身穿白色长裙的年轻貌美的姑娘，还有的扮演给怀里抱着的婴儿喂奶的少妇。这些玩偶在舞台上声情并茂，表现出人类各种不同的思想和情感。

它们演技高超，前一秒还十分喜悦，下一秒就能痛苦万分，它们的表演让人有身临其境之感，时而引得大家哈哈大笑，时而又惹得大家偷偷抹泪。每当演到精彩处，蜜蜂总会为它们鼓掌。那些暴君的角色让蜜蜂深感恐惧，而对于那些曾经是公主但后来沦为寡妇和女囚的角色，蜜蜂心怀怜悯。这个身上穿着孝服的女子，为了让孩子存活，只能嫁给那个杀死自己丈夫的坏蛋，这可真是太悲惨了！

　　这些玩偶的表演千变万化，蜜蜂总是看得痴迷。

　　小矮人们也为她举办音乐会，还教会了她演奏竖琴、提琴等多种乐器。在小矮人们的教导下，蜜蜂渐渐成了一名出色的演奏家，她从舞台上的那一场场精彩的戏剧表演中，体验到了人生的悲喜和生命的意义。

　　洛克国王也会常常陪她观看表演、聆听音乐会，但他的眼中只有蜜蜂的倩影，有时，他就这么呆呆地望着她，连她嘴里说的话都没有注意听。他不知不觉被蜜蜂迷住了，并且深深爱上了她。

　　就这样，日复一日，年复一年，蜜蜂一直和小矮人们待在一起，虽然每天都过得很快乐，但心中却是时时刻刻想念着地面上的一切。

　　渐渐地，她出落成了一位亭亭玉立的姑娘。离奇的经历使她的面容更加增添了一种与众不同的韵味，让人一看见她就心生向往。

洛克国王的珍宝

蜜蜂留在小矮人国已经六年了。一天,洛克国王把她叫进王宫里,当着她的面,命令大司库挪开一块巨石,这块巨石看似嵌在墙里,但其实是一扇暗门。巨石挪开后,那里有一个入口,他们三人从入口走了进去,此时面前有一道很窄的岩缝,容不下两人并身前行。

这条路黑漆漆的,洛克国王走在最前面,蜜蜂跟在他的身后,拉着他披风的一角。他们走了很久很久。有的岩壁几乎要合在一起了,蜜蜂担心自己会被卡住,无法进退,最后被困死在那里。一到狭窄的地方,或者是没有光亮的地方,洛克国王的披风总会从她手中滑落,她只得再紧紧拽住。最后,他们终于来到一扇铜门前。洛克国王打开门,一道光从里面透了出来。

"洛克国王,"蜜蜂叫了起来,"我从来都不知道光可以如此美丽。"

洛克国王拉起她的手，带她走进涌出亮光的大厅，对她说："你看！"

蜜蜂被光照得有些睁不开眼睛。这是一个巨大的大厅，四周矗立着很高的大理石柱子，从地面到屋顶，到处都闪着金光。

在大厅深处，有一个镶金嵌银的楼梯，每级台阶上都铺着有精美刺绣的地毯，而楼梯最上面是一座象牙和黄金交错的王座，王座上方还有一个半透明的珐琅彩华盖，两侧各有一棵三千年的棕榈（lú）树，棕榈树旁边有一对巨大的镂空花瓶，那可是小矮人国手艺最好的匠人精心雕刻出来的。

洛克国王登上了宝座，让蜜蜂站在他的身边，对她说："蜜蜂，这些都是我的珍宝，你喜欢什么，就选什么好了。"

大理石柱上挂着许多硕大的黄金盾牌，阳光照在盾牌上，反射出一道道璀璨（cuǐcàn）的光芒；佩剑长矛交错，刀刃寒意森森。在靠墙摆开的长桌上，摆放着黄金的高脚杯、长颈壶、水壶、圣餐杯、圣体盒、圣盘、无脚杯和其他酒杯；此外，还有象牙制成的带有银环的酒爵、水晶石制成的细颈酒瓶、错金银[①]餐盘、套匣（xiá）、教堂形状的圣物盒、香料盒、镜子以及做工精美的烛台和火炬架、怪兽造型的香炉；其中一张长桌上，还放着一副月光石制成的国际象棋。

"随便选吧，蜜蜂。"洛克国王又说了一遍。

可是，蜜蜂从这些珍宝上移开目光，抬头从大厅顶上的一道缝隙中看到

---

① 错金银：金属丝镶嵌工艺的一种。

了蓝天,她似乎明白了只有来自天上的光线,才能使这里所有的珍宝发出耀眼的光芒,所以她只是答道:"洛克国王,我想回到地面上。"

洛克国王对大司库做了一个手势,大司库掀开厚厚的地毯,只见下面露出了一个箍(gū)着铁片和金属条的大箱子。打开箱盖,霎时间,精心切割过的宝石射出流光溢彩的万道金光。洛克国王把手伸进箱子里,紫晶、碧玺(xǐ)和祖母绿这三种宝石发出璀璨的光芒,一道是深绿色的,一道是琥珀色的,另一道绿中透紫,它们的色泽令人仿佛置身梦境;黄玉、如勇士之血般鲜红的红宝石、王子深蓝宝石和公主浅蓝宝石、猫眼石、红锆(gào)石、蓝柱石、绿松石以及色泽比晨曦更轻柔的欧珀石、海蓝宝石和叙利亚石榴石铺满整箱。所有这些宝石全都水润澄澈,光亮可鉴。这些宝石仿佛耀眼的火焰,其中,几颗巨大的钻石发出令人炫目的光彩。

"蜜蜂,选选吧。"洛克国王说。

蜜蜂摇了摇头说:"洛克国王,和这些宝石相比,我更想要每天照耀在克拉里德城堡屋顶上的一缕阳光。"

于是,洛克国王又吩咐大司库打开了第二只箱子,那里面装的全是珍珠。这些珍珠颗颗圆润纯净,不断变换的光芒仿佛融汇了天空和海洋中的所有色彩。珠光柔柔,仿似轻诉着洛克国王的蜜意柔情。

"收下吧。"洛克国王说。

可是蜜蜂却回答说:"洛克国王,这些珍珠让我想起了乔治的目光。我

爱这些珍珠，但我更爱乔治的眼睛。"

听到这话，洛克国王转过头去，但他还是打开了第三只箱子，拿出一颗水晶让蜜蜂看。水晶里是天地初开时的一颗水滴，轻摇水晶时，这颗水滴便随着水晶流转。他还给蜜蜂看了好几块蜜色琥珀，琥珀里的飞虫比宝石更加珍贵，这些小虫几千万年前就困在里面，纤细的爪子和触角仍然清晰可辨，仿佛只要把琥珀敲开，它们就能摆脱这座散发香气的玻璃般的牢笼，重新展翅飞翔。

"这些都是大自然的瑰宝，我把它们全都给你了，蜜蜂。"

可是蜜蜂回答说："洛克国王，请您把琥珀和水晶收好吧，因为我无法让飞虫和水滴重获自由。"

洛克国王注视着蜜蜂，片刻后，他说："蜜蜂，你会真正拥有世上最贵重的珍宝的。你将会是拥有珍宝的人，而不是被珍宝所控制。贪婪（lán）者是他手中黄金的俘虏（fúlǔ），只有视金钱如粪土的人才能够无忧无虑地享受富贵，他们的心灵永远比他们的财富更宝贵。"

说完这些话，洛克国王对大司库做了一个手势。大司库用垫子捧出一顶金冠，呈到蜜蜂眼前。

"请收下这顶金冠，蜜蜂，这是我们对你表示的敬意，"洛克国王说，"从今以后，你就是小矮人国的公主了。"

他亲自把金冠戴在了蜜蜂头上。

洛克国王的表白

小矮人们为他们王国的第一位公主的加冕举行了盛大的庆典。在巨大的圆形剧场里,节目一个接一个上演,小矮人们在帽子上插上蕨(jué)叶或橡树叶,在街道里开心地翻着跟头。

庆典整整持续了三十天。

皮克虽然喝得醉醺(xūn)醺的,却仍然是一副诗人的模样;道德高尚的塔德为这场乐事也喝醉了;温和的蒂格则喜极而泣;吕格兴奋地又一次提出应该把蜜蜂放进笼子里,这样小矮人们就不必担心可能会失去这么一位迷人的公主了;鲍勃又骑上了乌鸦,漫天飞着大喊大叫,弄得乌鸦也十分兴奋,呱呱地叫个不停。

悲伤的只有洛克国王自己。

然而，就在第三十天，也就是为公主殿下和全体国民举行的盛大庆典即将结束之际，他站在椅子上，凑到蜜蜂的耳边。

他说："我的蜜蜂公主，我对你有个请求，你可以接受，也可以拒绝。克拉里德公国的蜜蜂，小矮人国的公主殿下，你愿意做我的妻子吗？"

洛克国王说这几句话时，神色既勇敢又温柔。

蜜蜂拉拉他的胡子，回答说："洛克国王，如果是开玩笑，那我愿意做您的妻子，但我永远不会做您真正的妻子。您向我求婚的样子，让我想起了弗朗戈尔，他为了逗我开心，常常会对我讲一些荒诞（dàn）不经①的话。"

听到这话，洛克国王把脸转了过去，但他转得速度有点慢了，蜜蜂看到了他眼里的泪光。

蜜蜂有点儿懊悔自己让他伤了心。

"洛克国王，"她对他说，"我始终把您当成洛克国王爱着您，要是您能像弗朗戈尔那样待我，逗我笑，您就不会难过了。弗朗戈尔的歌唱得很好听，要不是头发白了，鼻子还有点儿红，他还是挺好看的。"

洛克国王对她说："克拉里德的蜜蜂，小矮人国的公主，我爱你，而且希望有一天你也能爱我。即便这个希望有些渺茫，但我依然会爱着你的。我只想请求你对我永远坦诚，以此作为对我一片真情的回报。"

"洛克国王，我答应您。"

---

① 荒诞不经：荒唐离奇。

"那好!蜜蜂,请告诉我,你有没有爱一个人,爱到想要嫁给他?"

"洛克国王,我还没有爱谁爱到想嫁给他呢。"

于是,洛克国王笑了。他举起金酒杯,朗声提议为小矮人国公主的身体健康干杯。

顿时,巨大的声音响彻地下王国的每个角落,因为宴会的长桌绕了小矮人国整整一圈。

现实与梦境

蜜蜂戴上金冠以后,想得更多了,也更忧伤了。

过去,她总是笑着到铁匠铺去找好朋友皮克、塔德和蒂格。看到她来了,他们被火光映红的脸庞总是带着欢快的神情。

这些善良的小矮人,不久前还让她和他们一起跳舞,喊她"我们的蜜蜂",可现在却对她毕恭毕敬,就算只是看到她走过,也会弯腰鞠躬,凝神敛(liǎn)容①以示尊敬。

她因自己不再是孩子而感到遗憾,也为自己变成小矮人国的公主而感到痛苦。

---

① 敛容:收起笑容,变得严肃。

自从她看到洛克国王为她流泪之后，就不太敢再见他了，但她依然喜欢他，因为他很善良。

一天，她拉住洛克国王的手，来到一道岩缝下。一缕阳光透过缝隙投射下来，金色的灰尘在光线中轻舞。

"洛克国王，"她对他说，"我很痛苦。您是国王，您爱我，这使我感到痛苦。"

听到这位美丽的小姐这么说，洛克国王答道："我爱你，克拉里德的蜜蜂，小矮人国的公主。我把你留在我们的王国里，为的就是把我们掌握的奥秘全都告诉你，这些奥秘比你在地面上、在人类那儿能学到的全部知识都更伟大、更有趣，人类可没有我们小矮人这么头脑灵活、知识渊博。"

"没错，"蜜蜂说，"但是他们要比小矮人跟我更相似。正是因为这点，我更爱人类。洛克国王，如果您不想让我伤心而死，就请让我回去再见见我的母亲吧。"

洛克国王没有回答，径直走远了。

孤独而忧伤的蜜蜂凝视着那道阳光，想着整个大地都沐浴在这阳光之中，想着太阳耀眼的光辉照耀着地上的每一个人，就连走在路上的乞丐，也能享受阳光的抚慰。

阳光逐渐转淡，灿烂的金光逐渐变成了灰蓝的微光。夜色来临。透过岩缝，蜜蜂看见了一颗星星，它在天上闪闪发光。

这时，她感到有人轻轻地碰了碰她的肩膀。

她转过头，看见洛克国王裹了一件黑色的披风，他的手臂上还搭着一件披风，他将它披在了蜜蜂身上。

"走吧。"他对她说。

他带她走到地面上。

她又一次看到树在风中摇曳，月亮在云中穿行，遥远的夜空明朗清新，墨蓝色的苍穹广袤（mào）深邃（suì）。

她呼吸着，儿时熟悉的空气如海浪一般胀满她的胸腔，她深深地吸了一口气，觉得自己幸福得快要死掉了。

他牵着她，任由她尽情感受着这一切，和她在草地上翩翩起舞。

随后，洛克国王用手托起她，虽然他身材矮小，但托着她好似举起一根羽毛一般容易。他们掠过地面，就像两只鸟的影子。

"蜜蜂，你马上就能见到你母亲了。听我说，以前每晚我都会将你的影像传送到你母亲那里，她每次见到的都是你的幻影，她对它笑，和它说话，拥抱它。但今天夜里，我给她送去的是真实的你，而不是幻影。等一下你就可以见到她了，但记住，千万不要触碰她，也不要和她说话，否则魔法就会失灵，那样她以后不仅再也见不到真实的你，就连你的幻影也无法见到了，在梦里她是分不清真实和幻影的。"

"我会很小心的，哎！洛克国王……到了！我们到了！"

克拉里德城堡的主塔黑黝黝地矗立在山岗上。

蜜蜂刚向心爱的古老石塔送去一个飞吻，就看到开满紫罗兰的城墙从身旁掠过，她发现自己已经来到了城堡的吊门前，很多萤火虫在齐胸高的草丛中闪闪发光。

洛克国王轻而易举地打开了大门，因为小矮人都是摆弄金属物件的高手，才不会被锁、挂锁、门闩（shuān）、锁链、栏杆挡住去路。

蜜蜂走上旋转扶梯，一直走到母亲的卧室门口。她停下脚步，一颗心怦怦直跳，她将双手压在胸口上，让自己平静下来。

门轻轻地开了。

天花板上吊着一盏夜灯，房中寂静无声。在夜灯的微光下，蜜蜂看到了身形消瘦的母亲，她面色苍白，两鬓（bìn）也染上了霜色，但在女儿心里，却觉得母亲的美貌胜过往日，比衣着华丽、英姿飒爽的骑行时更加美丽。

就在这时，母亲在梦境中看见了自己的女儿，她张开双臂，想去拥抱女儿。

蜜蜂又是哭，又是笑，想扑过去投入母亲的怀抱，可是洛克国王抓住了她，他像托一根麦秆一样，托着蜜蜂穿过被深蓝色夜空笼罩的田野，回到了小矮人国。

洛克国王的痴情

蜜蜂坐在地下宫殿的花岗岩台阶上,透过那道岩缝呆呆地凝望着碧空。岩缝边上的珊瑚花向着阳光开出了白色的伞形花朵。

蜜蜂哭了起来。

洛克国王拉住她的手,问她:"蜜蜂,你为什么哭啊,你想要什么吗?"

其实她这样郁郁寡欢已经好多天了。一些小矮人坐在她脚边,用长笛、竖笛、列贝克琴和定音鼓为她演奏着淳朴的乐曲,还有一些小矮人为了让她高兴,在草地上使劲儿地翻着跟头,用帽子的帽尖戳着青草。看这些长胡子小矮人玩这套把戏,实在是令人乐不可支。

道德高尚的塔德和多愁善感的蒂格,从在湖边看到蜜蜂睡觉的那一刻起就开始十分爱护她了,还有老诗人皮克,他轻轻拉着她的手臂,请她把心中的忧伤向他们倾诉;头脑简单但为人正直的珀奥,给她带来了一篮子葡萄。

这会儿,大家都拉住她的裙边,一起又问了一遍洛克国王问她的话:

"蜜蜂,小矮人国的公主,您为什么哭呀?"

蜜蜂回答道:"洛克国王和你们对我越关心,我就越难过,因为你们如此善良,我哭的时候,你们会陪我一起哭。告诉你们吧,我现在哭,是因为我想起了乔治,他现在应该长成一位英武的骑士了,而我却见不到他。我爱他,我想嫁给他。"

洛克国王把自己按在蜜蜂手上的那只手抽了回来,说:"蜜蜂,在庆典的宴席上你为什么骗我,说你谁也不爱?"

蜜蜂回答说:"洛克国王,我在庆典的宴席上没有骗您。那个时候,我没想嫁给乔治,可是现在,我最大的心愿就是他能向我求婚。但是他没法向我求婚,我不知道他在哪儿,他也不知道到哪儿才能找到我。一想到这些,我就忍不住想哭泣。"

听她这么说,乐师们停止了演奏,翻跟头的小矮人也不再欢蹦乱跳了,他们有的脚朝天,有的头顶地。塔德和蒂格默默地流下眼泪,泪水流到了蜜

蜂的袖子上；珀奥手中的篮子掉在地上，葡萄也跟着散落了一地，所有的小矮人都低声呜咽起来。

洛克国王头上戴着的王冠闪闪发亮，他比所有小矮人都更加难过。

他一言不发地匆匆离去，披风的下摆在身后拖曳，好似一条红色的溪流。

老努尔的启示

洛克国王没有让蜜蜂看到他的软弱,而当只有他一个人的时候,他坐在地上,双手抓着脚,任由悲伤将自己吞没。

他心中十分嫉妒,自言自语道:"她有爱的人,可那个人却不是我!可我是国王啊,我学富五车,坐拥天下珍宝,掌握各种神奇的奥秘,我比所有小矮人都优秀,更不用说人类了。可她却不爱我,她爱着一个年轻人,那个年轻人对小矮人的学识根本一无所知,而且说不定根本就是一个不学无术之徒。可她既欣赏不了美德,也不懂事理。我应该笑她毫无眼光。我爱她,她却不爱我,这世界对我来说又有何意义。"

漫漫长日,洛克国王在山中最荒芜的峡谷中独自徘徊(páihuái),心中闪过无数忧郁的思绪,甚至还产生过一些不太好的想法。他想到将蜜蜂囚禁起来，饿着她，逼她答应嫁给自己。可这念头刚一闪现，便被他抛诸脑后，他又打算去见蜜蜂，扑倒在她脚边求她嫁给自己，可这个想法也被他放弃了。他不知道该怎么办才好。

蜜蜂到底爱不爱他，这是他无法决定的。他忽然将满腔怒气转到了乔治身上，心里盼着这位年轻人被哪个巫师带走，离他们远远的，或者有一天他知道了蜜蜂对他的爱意，但他对这份感情并不在乎。

洛克国王心想："我虽然还不老，但也活过了很多岁月，经历过一些伤心的往事。尽管我也深深痛苦过，却没有哪次像今天这般刻骨铭心。过去的痛苦源自温情或怜悯，其中还带有一些难言的甜蜜；而如今，我所有的忧伤全部源自卑鄙（bǐ）的欲望。我的灵魂变得干枯，我眼中噙（qín）满的泪水如同灼（zhuó）伤眼眸的酸液。"

这就是洛克国王心中所想。他担心嫉妒使自己变得阴险恶毒，所以对蜜蜂避而不见，怕自己忍不住在她面前表现出软弱或者粗暴的样子。

他一想到蜜蜂爱的人是乔治，就极度痛苦。一天，他实在忍受不了，便决定去问问矮人国最有学问的智者努尔。努尔住在地下深处的一口井底。

这口井有一个妙处，总是保持着适中的温度而且里面一点儿也不黑，因为两个小天体轮流照亮着井中的每个角落，一个是白日，一个是红月。

洛克国王下到井底，发现努尔正待在实验室里。努尔看起来一副老好人的模样，他的帽子上插着一些百里香。尽管他博学多才，却和其他小矮人一

样天真。

"努尔，"国王拥抱了他，说道，"我来向你询问一些事情，因为你知道许多事情。"

"洛克国王，"努尔回答说，"一个人有可能所知甚广，却可能仍然是一个傻瓜。我不明白的事情有很多，但我知道自己该如何了解它，也正因如此，我才被称为智者。"

"那好，"洛克国王接着说，"你知道那个叫乔治的小伙子现在人在何处吗？"

"这我可不知道，也从来没想过要知道，"努尔回答说，"就我所知，人类都很无知，他们又傻又坏，所以我很少在意他们在想些什么，做些什么。虽说人类的一生往往骄傲又悲惨，但他们也有可取之处，男人无所畏惧，女人面容姣（jiāo）好，儿童天真无邪。哦，洛克国王，人类总的来说不是可悲就是可笑的。他们应该和我们小矮人一样，努力劳动谋生，可他们偏偏要反抗这个天道法则，他们不像我们劳作起来那样无比快乐。比起劳作，他们更愿意发动战争，他们更喜欢相互残杀而不是互帮互助。但说一句良心话，我们应该承认，人类的无知和残忍主要是因为他们的生命太过短暂。他们往往还没有学会生活便已死去。我们这些生活在地下的小矮人过着更加快乐、更加幸福的生活。虽说我们无法长生不死，但我们至少能和天地同寿，大地深处源源不断的热量温暖着我们；而那些在大地粗糙的表面出生的人类，对他们来说，天气时而酷热难当，时而冰冷刺骨，须得忍受生与死的痛苦。然而，人类还是超越了自身的苦难和遭受的恶意，拥有了一种美德，这种美德使一些人的心灵变得比小矮人更美。这种美德的光辉照耀着他们的思想，如同珍珠的柔光照亮着他们的眼眸。哦，洛克国王，这种美德就是恻隐之心。苦难让人类拥有了恻隐之心，而小矮人很少经历苦难，因为小矮人比人类聪明很多，所以受到的痛苦就比他们少很多。有时，我们小矮人也该走出幽深的洞穴，去气候酷烈的地表和人类生活在一起，去爱人类，去和人类一起感受痛苦，去为人类承受苦难，去感受恻隐之心是如何像朝露一样抚慰灵魂的，这是我们需要的。哦，洛克国王，不过您要问的，是不是具体的某个人的下落？"

洛克国王又重复了一遍他的问题，努尔在房间里堆满的望远镜中选了一个，拿着它开始观察。

因为小矮人的世界里没有书，要是在哪个小矮人家里看到书，那也是他们从人类那里获得的，放在那里当成摆设罢了。

他们做研究的时候并不像人类那样阅读书本上的知识，而是透过望远镜观察他们感兴趣的事物。做这件事唯一的难度在于挑选合适的望远镜，并对准方向。

他们用的望远镜有水晶镜片的，还有黄玉和欧珀石镜片的，最好的镜片是使用大颗的钻石打磨而成的，这种望远镜的功能最佳，能够观察非常遥远的物体。

小矮人还有一些十分独特的望远镜，镜片是用人类尚不了解的半透明物质制成的。这种望远镜能像透过玻璃一样，透过墙壁和岩石，看到他们想要观察的目标。

他们还有一种望远镜更为神奇，它可以像镜子一样再现时光流逝所带走的一切。这是因为小矮人掌握了寻回往日光线，并把因时光而改变的所有形态和颜色全部重现的方法。

无论是宇宙的深处，还是小矮人们居住的岩洞，一切尽在他们的掌握之中。

他们把那些曾照射在人类、动物、植物或岩石的光线复原，让这些光线穿过无边无际的宇宙，折射到小矮人们的眼中，这样便可使往日情景重现。

努尔极擅长发现这类远古时代的画面，更令人不可思议的是，他甚至能发现早在地球呈现出我们所了解的地貌之前曾经存在过的画面。所以，对他来说，找到乔治实在是一件轻而易举的事情。

他选了一架非常简朴的望远镜，朝里面看了还没有一分钟，便对洛克国王说："洛克国王，您要找的人现在在水妖国的水晶城堡里，那可是一个有去无回的地方。那座城堡五彩斑斓（lán）的城墙就紧挨着国土。"

"是真的吗？那就让他在那儿待着吧！"洛克国王搓着手高声叫道，"我祝他在那儿待得愉快。"

他亲吻了努尔,从井里出来之后,仰天大笑。

一路上,他抚着肚子笑个不停,笑得整个人东倒西歪,胡子在胸前飘来荡去。

"哈哈哈哈!"路上碰到他的小矮人仿佛受到了他的感染,也热情地跟着他一起笑了起来。看到他们在笑,别的小矮人也开始笑起来。笑声越来越大,最后整个大地都因为他们欢乐的笑声而抖动起来。

"哈哈哈哈!"

乔治的奇遇

洛克国王并没有笑很久,恰恰相反,他把脸埋在被子下面,满脸愁苦。洛克国王一想到白邑的乔治被困在水妖的水晶宫里,便夜不能寐(mèi)。

于是,当蜜蜂躺在白色的小床上熟睡,小矮人去农场为她挤牛奶的时候,洛克国王爬了起来,又去深井里找智者努尔。

"努尔,"他对智者说,"你上次没有告诉我,乔治在水晶宫里干什么。"

努尔心想,洛克国王已经失去理智了,但他并没有十分忧虑,因为他能肯定,就算洛克国王疯了,他也会是一个慷慨、睿(ruì)智、和蔼、友善的疯子。小矮人就算发疯了,也仍然和他们神志清醒时一样温文尔雅,心中充满奇妙的幻想。

可洛克国王并没发疯，他无非就是坠入爱河了。

"我想看看乔治的情况。"他对智者说，而努尔早就把这位年轻人忘到九霄云外了。

努尔按照一套看起来手忙脚乱，实际上步骤十分简单的方法，摆放好了镜片和镜子，让洛克国王在一面镜子中看到了乔治被水妖捉走时的情形。

在精心挑选了透镜，又细心调整好方向后，努尔让这位陷入爱河的国王看到了从白玫瑰为侯爵夫人报丧开始，乔治所经历的一切。

下面就是他们在镜子里所看到的故事。

当乔治被湖中水妖冰凉的手拖向湖底时，他感到湖水压迫着双眼和胸口，他以为自己快要死了。然而，耳畔传来一阵歌声，好似在抚慰他，一片澄澈的清凉感觉沁（qìn）入心脾。

等他再睁开眼睛时，发现自己身在一个洞穴之中，水晶的支柱折射出彩虹般斑斓的光线。岩洞深处有一个巨大的珍珠贝壳，散发着极为柔和的珠光，那是水妖国女王王座上的华盖，而王座是由湖里的一些植物组成的。

水妖女王的脸上泛着比珍珠和水晶更温和的光泽。她对水妖带回来的乔治微笑着，绿色的双眸透出的目光在他周身打量着。

"我的朋友，"她终于开口道，"欢迎你来到我们的世界，在这里，你不用承受任何痛苦；在这里，你不必再费力苦读，也不用再辛苦工作；在这

里，只有歌声，只有舞蹈，只有我们水妖的一片情谊。"

确实如此，满头绿发的水妖们教乔治学习音乐、跳华尔兹，教他享受各式各样的消遣（qiǎn）。她们喜欢把贝壳穿成一串，戴在他的额头上，点缀着他的头发。可是他一直思念着家乡，经常忧心忡（chōng）忡地啃咬着双拳。

几年时间过去了，乔治一直热切地期盼着能够重回故土，重新看到粗糙的大地被骄阳炙（zhì）烤，看到它银装素裹，看到有人在那里痛苦，有人在那里相爱。他想再次在自己生活过的地方与蜜蜂相见。他长成了一个大小伙子，唇上长出了细细的胡子，和胡子一起长出来的是他的勇气。

一天，他去觐见水妖女王，躬身说道："夫人，如果您能许可，我想向您辞行，我想回克拉里德去。"

"俊俏的朋友，"女王微笑着答道，"我不能同意你的请辞，我之所以把你留在水晶城堡里，就是为了让你成为我的爱人。"

"夫人，"乔治接着说，"我觉得我配不上如此殊荣。"

"你这么说就太谦虚了。所有优秀的骑士都觉得自己不足以获得爱人的青睐（lài），而且，现在你年纪尚轻，不知道自己有多惹人喜欢。你要知道，俊俏的朋友，你只需要听从你的爱人的话，我只想对你好。"

"夫人，我爱克拉里德的蜜蜂，我只想让她当我的爱人。"

女王的脸色一下变白了，但仍然十分美丽，她叫道："这个蜜蜂不过是一个凡人,你怎么会爱上她?"

"我不知道,但我知道我爱她。"

"没关系,你会忘记她的。"

于是,女王又将这位年轻的小伙子关进了水晶城堡里,用一切欢乐麻痹(bì)他。

可是乔治对那些水妖毫不动心,他就像维纳斯神殿里的唐豪瑟①,或者说更像阿喀(kā)琉(liú)斯②。他整日忧伤地沿着巨大城堡的城墙徘徊,想找到逃生的出口。可目之所及,尽是被汹涌浪涛环绕着的辉煌而沉寂的城堡,宛如一座闪闪发亮的牢笼。

从透明的城墙向外望,他看到水草优美地舞动着,而在水草和闪亮的贝壳上方,各色的鱼儿游来游去,有紫色的、天蓝色的和金色的,它们每摆一下尾,都会带起一串串星星点点的水泡。乔治对眼前的奇景无动于衷,但是在水妖优美歌声的环抱之下,他渐渐感到自己的神经不再紧绷,意志也逐渐消沉。

就在他日渐萎靡(wěimǐ)之际,他偶然间在城堡的走廊上发现了一本

---

① 唐豪瑟:源自德国音乐巨匠瓦格纳创作的歌剧,其中讲述了中世纪德国游吟(yín)诗人唐豪瑟受到爱神维纳斯的诱惑,沉浸在维纳斯神殿的欢乐中不能自拔。
② 阿喀琉斯:希腊神话中的英雄。他的母亲曾将他秘密托付给斯库罗斯岛的国王吕科墨得斯,希望对方能够护他周全。之后,阿喀琉斯与国王吕科墨得斯的女儿得伊达弥亚公主秘密结婚了。

带有大铜钉，封面磨损得很厉害的旧书。这本书是在某次海难中留存下来的，其中讲述的是骑士和贵妇的故事。故事中的主人公走遍世界，和巨人搏斗、保护寡妇、收养孤儿，心中充满了侠义之情和对美的敬意。

乔治沉浸在书中的冒险故事里，时而羡慕，时而羞愧，时而愤怒，脸上红一阵白一阵。他按捺不住地大声说："我也一样，我以后也要成为一名出色的骑士，我也要去闯荡天下，为了人类的福祉（zhǐ）①，以蜜蜂的名义惩恶扬善，除暴安良！"

他心中豪气万丈，手提宝剑，在水晶城堡里一路狂奔。白衣水妖们四处逃散，如同湖中银浪，消失在他眼前。只有女王看着他，神情自若，用绿色的双眸冷冷地盯着他。他跑向她，高喊着："解开我身上的魔法，给我打开重返地面的通路。我要像骑士一样，在阳光下战斗！我想回到地面上，回到人们爱着的、心碎的、战斗的地方！把我真正的生活还给我，把阳光还给我，把我的力量还给我，不然，我就杀死你，你这个恶妇！"

水妖女王摇着头，表示不同意。她既美丽又镇静。乔治用尽全力将剑刺向她，但剑尖刚碰到水妖女王闪闪发亮的胸口，便折断了。

"真是一个孩子啊！"她说。

她命人将他关进城堡最底层的牢房里。那里其实是一个凹陷的大水晶，水晶壁外的鲨鱼张开着血盆大口，露出两排锐利的尖齿，四下啃咬着。

---

① 福祉：指福利和幸福、安稳的社会和生活环境。

鲨鱼每次的攻击似乎都会摧毁薄薄的水晶墙壁，所以在这个奇特的牢房里，谁都无法入睡。

这个牢房的最低点，就在湖底的一片岩石上，而这片岩石正是小矮人国最偏远的洞穴的洞顶。

以上这些便是两个小矮人所见到的情景，这些情景非常真实，仿佛他们和乔治一起度过了这些日子一般。

努尔给洛克国王展示了牢房的悲惨景象后，对他说话的口气，就像萨瓦人给孙子看完神奇的灯笼后说话的口气一样。

"洛克国王，"他对国王说，"您要看的东西，我给您看了，现在事情的来龙去脉您都很清楚了，我不用再多说什么。我并不想知道您看到的情景是否让您感到高兴，因为对我来说只要看到的是真实的就足够了。科学可不在乎谁高不高兴。科学是没有感情的。能让人心醉、获得慰藉的不是科学，而是诗歌。正因如此，和科学比起来，诗歌更必不可少。洛克国王，出去让人给您唱首歌吧。"

洛克国王离开了深井，什么话也没有说。

洛克国王的恐怖之旅

离开深井之后,洛克国王回到了珍宝库,从一个只有他有钥匙的箱子里取出了一枚指环戴在手上。指环上镶嵌的宝石分外耀眼。这是一颗有魔力的宝石,后面的故事里会讲到它有多么神奇。随后,洛克国王又回到了他的宫殿里,披上了一件旅行披风,穿上了一双结实的靴子,拿着一根手杖出发了。他穿过拥挤的街道、大路、村庄,穿过斑岩的廊道,越过地下的石油层和一连串洞口窄小、相互连通的水晶洞穴。

他看起来有些心神不宁,嘴里嘀嘀咕咕地说着一些没有什么意义的话,但依然坚定地向前走着。遇到拦路的高山,他就攀上高山;遇到脚下裂开的深谷,他就爬下深谷。他涉水过河,穿越被硫黄蒸汽熏得黑黢(qū)黢的可怕地方;他踏过炽热的熔岩,在上面留下了足迹,像一个义无反顾的旅行者；他深入黝黑的洞穴，看到湖水滴滴渗入洞穴，眼泪般顺着藻类植物滴落，在凹凸不平的洞底形成许多小水潭。那里生活着数不清的甲壳动物，比如巨大的螃蟹和龙虾，它们纷纷在洛克国王的脚下碎裂。活下来的甲壳动物有的丢下断肢残钳四处逃散，逃跑的时候惊醒了奇丑无比的鲨鱼，它从口中喷出恶臭的毒汁。

洛克国王仍然坚定前行，终于到达了最底层的岩洞，那里栖息着成堆的甲壳怪物，它们长着尖刺，身上还长着两排锯齿，张开血盆大口朝他爬来。他将它们赶走，然后身子紧贴粗糙的岩壁，攀上岩洞的一侧，而那些甲壳怪物追着他一起往上爬。

他一直爬，直到摸到岩顶中心一块凸起的石头才停下来。他用手上的魔戒碰了碰这块石头，石头顿时轰地一下崩塌开来，无数道美丽的光线霎时遍布整个岩洞，让习惯于黑暗的怪物们仓皇逃窜。

洛克国王从日光射入的裂口中探出头去，只见乔治正在水晶监牢中长吁短叹。原来，洛克国王这场地下之旅的目的是来解救这位被困在水妖国的俘虏。

可是，当乔治看见这个头发浓密、双眉紧锁、胡子蓬蓬的大脑袋从水晶凹陷底部探出来凝望着他时，还以为是来要他命的强敌，便伸手摸向身侧，想要拿剑，却忘了那柄剑早已在刺向绿眼水妖的胸口时折断了。

洛克国王饶有兴味地打量着乔治，对自己说："哎！他就是一个

孩子。"

乔治确实是一个心思单纯的孩子，也正因为他无比单纯，才躲过了水妖女王甜蜜而致命的亲吻。即使是知识渊博的亚里士多德，想躲开如此诱惑的亲吻也没有那么容易。

乔治知道自己手无寸铁，便问："大脑袋，你想干什么？我从没有伤害过你，你为什么要来害我？"

洛克国王半喜半忧地回答道："孩子，你并不了解事情的前因后果，又怎么会知道你曾经没有伤害过我呢？咱们现在先别说这个了。如果你想离开这里，就从这儿过来吧。"

乔治立刻爬进洞穴，沿着石壁往下滑，不一会儿就下来了。

"您是一位勇敢的小矮人，"他对救命恩人说，"我会永远感谢您，可您知道克拉里德的蜜蜂在哪儿吗？"

"我知道的事情多着呢，"小矮人回答，"但我不喜欢别人问那么多问题。"

乔治听了这话一头雾水，只好默默跟着小矮人，穿行在甲壳怪物躁动不安的浓稠（chóu）漆黑的空间里。

洛克国王冷笑着对他说："这条路可走不了马车，殿下！"

乔治回答说："通往自由的路永远是美好的，而且跟着我的救命恩人，不担心会迷路。"

洛克国王咬了咬嘴唇，没有再说话。到了斑岩廊道，他给年轻人指了一座石阶，那是小矮人在岩石上开凿出来通往地面用的。

"就是这条路，"他对乔治说，"永别了。"

"别说永别啊，"乔治回答说，"请对我说以后再见。您为我做了这么多，我的命都是您的。"

洛克国王回答说："我做的这些并不是为了您，而是为了另一个人。我们还是不要再见为好，因为

我们不会喜欢彼此的。"

乔治语气坦然而凝重地说:"我从未想过重获自由会让我感到如此难过。可事实就是如此。永别了,先生。"

"走好!"洛克国王粗声粗气地大声说。

小矮人修建的石阶通向一座废弃的采石场,距离克拉里德城堡不到一里路。

洛克国王开始往回走,嘴里嘟囔着:"这个毛头小子,没有小矮人的学识和财富。倘若不是他英俊、忠诚、勇敢,我真不知道蜜蜂喜欢他什么。"

他一路将笑意藏在胡子里,回到小矮人王国里,就好像想到了什么好玩的玩笑似的。路过蜜蜂的住所时,他将大脑袋从窗口探进去,就像当时他把头探进水晶牢房一样,他看见蜜蜂正用银线在面纱上绣花。

"祝你开心,蜜蜂。"他对她说。

"您也是,"她回答说,"洛克国王,您没有什么渴望得到的,或者说至少没有什么遗憾,所以一定很开心,不是吗?"

他还有想要的东西,但确实没有什么可遗憾的了。这个想法令他在吃晚餐时胃口大开。吃了许多松茸炖鸡后,他把鲍勃叫了过来。

"鲍勃,"他对鲍勃说,"骑着你的乌鸦去找小矮人国的公主吧,告诉她,乔治一直被关在水妖国,但今天他已经回到克拉里德了。"

话音刚落,鲍勃就骑上乌鸦飞驰而去。

老裁缝的遇见

乔治终于回到了故土,他遇到的第一个人是让——一个老裁缝,他手臂上搭着一件刚给城堡总管做好的红袍。他看到年轻的乔治后,不禁失声尖叫。

"我的老天爷啊!"他喊道,"这不是乔治殿下吗?他不是七年前在大湖里淹死了吗?难道这是他的灵魂?还是有魔鬼变成了他的模样?"

"我的让师傅,我可不是什么灵魂、魔鬼,我就是乔治啊,小时候我还溜进您的铺子,跟您要过碎布头,拿回去给我妹妹蜜蜂的娃娃做衣服呢。"

老裁缝大声说:"所以您根本没被淹死啊,殿下?我可太高兴了!嗯,您的精神确实看起来很不错。想当年,一个星期日的早上,您和公爵夫人一起骑马,我的小孙子皮埃尔当时还在我怀里想一睹您的风采来着,现如今,他已经长成大小伙子了，成了一个工匠，工作也干得很不错。他一直以为您早已葬身湖底，被大鱼吃掉了，要是知道您还活着，他肯定乐坏了。平时一说到这件事，他总会尽可能往好的方面想。感谢上帝，真的和他想的一样。殿下，咱们克拉里德的每个人都很思念您。从您小时候就能看出来您长大以后肯定有出息。我到死都能记得，有一天，您来跟我要一根缝衣针，我说不行，您现在太小，拿针有危险，当时您回答我说那您就去树林里采松针，松针绿绿的，更漂亮。当时您就是这么说的，我现在还都觉得很好笑。我的天啊！您当时就是这么说的。连我的皮埃尔都觉着您回答得太妙了。现在他是一个箍桶匠①，愿意随时为您效劳，殿下。"

"行，以后就让他来给我箍桶了。让师傅，给我说说蜜蜂和公爵夫人现在怎么样了吧。"

"哎，您打哪儿回来的啊？殿下，您不知道蜜蜂公主被山那边的小矮人抓走了吗？都七年了。她就是在您落水的那天失踪的，人们都说克拉里德这一天祸不单行，连折了两朵最娇嫩的花。公爵夫人因此伤心欲绝。这也让我明白了，就算是这世界上最有权力的人，也和我们卑微的工匠一样，有自己的苦恼，这也是上天在告诉我们，天底下的每一个人都是亚当的孩子。得知噩（è）耗后，善良的公爵夫人头发白了，脸上再也没了笑容。春天的时候，她穿着黑袍在小路上散步，就算是枝头上鸣叫的鸟儿也比我们克拉里德

---

① 箍桶匠：一个古老的行业，是在过去工业还不发达的时候，人工维修各类桶的工作者。

的公爵夫人幸福。好在，她的痛苦里还有一丝希望，殿下，虽然她完全没有您的消息，但至少在梦境里，她能看到自己的女儿蜜蜂还活着。"

老裁缝在那一个劲儿东拉西扯。

可乔治在听说蜜蜂被小矮人囚禁起来之后，就什么都听不进去了。

他想："是小矮人将蜜蜂困在了地下，但也是小矮人将我从水晶牢房里救出来的。看来，这些小矮人有善有恶。也许我的救命恩人和抓走我妹妹的小矮人不是一类人。"

他一边走一边想，一定要将蜜蜂救回来。

他和老裁缝在城里走着，看到他们经过，站在自家门前的长舌妇们叽叽喳喳地打听着这位年轻的外乡人是谁。

她们都觉得这人长得可真俊俏。

有眼尖的人认出来这是白邑的乔治殿下，还以为见了鬼，一边画着十字，一边跑开了。

"得往他身上洒圣水，"一个上了年纪的老婆婆说，"鬼魂沾了圣水就会消失，消失后会在空气中留下一股硫黄的味道。这个鬼魂带着老裁缝让师傅，估计是想把他活活丢进地狱烈火里去。"

"好好看看！老人家，"一个男子说道，"这个年轻人看起来比你我都更有精神。他就像玫瑰花一样鲜艳，看起来像是从哪个优雅的王国回来的。他这应该是出远门回来了，老太太呀，去年六月二十四日，弗朗戈尔不就从罗马回来了吗?"

有一个名叫玛格丽特的头盔制作女工被乔治迷住了。她放下手中的活,飞快地跑到楼上闺房里,跪倒在圣母玛利亚的像前,喃喃道:"圣母玛利亚,请让我嫁给一个像这个年轻人一样英俊的丈夫吧!"

每个人都对乔治回来这件事有自己的看法,这消息一传十十传百,很快就传到了公爵夫人的耳朵里。

她当时正在果园里散步,听到这个消息,她的心不由得扑腾扑腾跳得厉害。

鸟儿在千金榆(yú)①的枝头高声齐唱:

啾,啾,啾,
回来了!回来了!
您从小带大的孩子,
白邑的乔治,
回来了!回来了!

弗朗戈尔谦卑地走向公爵夫人,对她说:"公爵夫人,您以为已经不在人世的乔治现在回来了,我要为这件事写一首歌。"

---

① 千金榆:桦木科,鹅耳枥属乔木,颜色翠绿。

鸟儿们唱着：

啾，啾，啾，
回来了，回来了！

等公爵夫人看到她当儿子一般养大的孩子朝自己走来时，张开了双臂，但由于过度激动晕了过去。

小·小·的缎鞋

在克拉里德,所有人都认为蜜蜂是被小矮人掳(lǔ)走的,公爵夫人也曾这么认为,但梦里的情形又让她觉得并非如此。

"我们会把她找回来的。"乔治说道。

"我们会把她找回来的。"弗朗戈尔应声道。

"我们会把她带回母亲的身边的。"乔治说。

"我们会把她带回来的。"弗朗戈尔附和着。

他俩向居民们询问小矮人的情况,了解蜜蜂被掳走时是怎样的情形。

他们找到了当年用自己的奶水喂养过克拉里德公爵夫人的奶妈莫莉耶,如今莫莉耶已经没有奶水喂孩子了,她现在的工作是在鸡圈里喂鸡。

乔治和弗朗戈尔在鸡圈里找到了她。

她正咂（zā）着嘴叫着小鸡："咕咕咕咕咕咕咕！"边叫边把谷子撒向小鸡。

"咕咕咕，小鸡们！是您啊，殿下！咕咕咕！您现在都长这么大了啊……咕！还这么帅气！咕咕！去去去！您看到这只小胖鸡了吗，它总抢别的小鸡的食物吃。去去去！这世界就是这样啊，殿下。所有好的东西都让富人占据了。穷的越来越穷，富的越来越富。这世上根本就没有什么公平。有什么能为您效劳的，殿下？您二位先一人来一杯啤酒吧！"

"好的，莫莉耶，请让我抱抱您，是您用乳汁喂养了我在这个世界上最心爱之人的母亲。"

"这话不假，殿下。公爵夫人是在六个月零十四天的时候长出了第一颗乳牙。那天，已经过世的老公爵夫人还给我送了一件礼物呢。"

"好吧，莫莉耶，把您知道的小矮人的情况都告诉我们吧，他们把蜜蜂掳走了。"

"唉！殿下，我对掳走她的小矮人可真的什么都不知道。像我这样的老太婆，您说我还能知道什么？很久以前，我就把年轻时学的那点儿东西忘光了。现在，我的记性更不行了，就连平时把眼镜塞哪儿去了都想不起来。有时候，我找了半天，才发现眼镜就架在自己的鼻子上。来，尝尝这个啤酒，可爽口了呢。"

"敬您，祝您健康，莫莉耶。可有人说您丈夫知道一些关于蜜蜂被掳走

的事。"

"这倒是真的,殿下。虽然他没念过什么书,但平时在酒馆和饭馆里能知道不少事。他记性好,什么都不忘。要是他现在还在世,和我们一起坐在桌子旁,他准能给您讲故事讲到第二天天亮。他给我讲过太多太多的故事了,这些故事在我脑子里烩(huì)成了一锅粥,我全都记混了。这话是真的,殿下。"

确实,这话是真的,奶妈的脑袋就像一口裂了缝的锅。乔治和弗朗戈尔费了老大劲儿才了解到一些情况。

不管怎么说,他们从奶妈混乱的话语里,听出了这样一个故事:"七年前,殿下,就是您和蜜蜂两个人有去无回的那天,我的老伴儿进山去卖马。他给马喂了一顿泡过苹果酒的燕麦饲料,将它喂得饱饱的,好让马四蹄有力,眼睛发亮。他牵着马去了山脚下的一个不远的集市,燕麦和苹果酒可是没白喂,那匹马卖了一个好价钱。牲畜和人一样,外表好看就是招人喜欢。我老伴儿因为这桩买卖高兴坏了,便请朋友喝酒,要和大家比比谁更能喝。殿下,您要知道,整个克拉里德,就没有谁比我家老头子更能喝的。那天,老头子喝得可真不少,直到傍晚才一个人往家走,可是他却认错了道,走岔了路。他走到一个山洞附近,虽然当时他有些醉意,天色又暗,但他还是清楚地看到有一队小矮人扛着一副担架,上面躺着一个孩子,但没看清是男是女。

"他担心自己会惹上麻烦,便跑开了,虽然喝了酒,但他的头脑还是很清醒的。不过,没跑多远,他的烟斗掉了,他弯腰去捡时,没捡到烟斗,却捡到了一只小小的缎鞋。后来,他心情好的时候,总会拿这件事出来说笑。'真新鲜,'他说,'烟斗还能变成缎鞋。'这缎鞋一看就是小女孩的,他心想,丢了鞋子的小姑娘肯定被小矮人掳走了。他当时看到的正是他们掳走她的情景啊。他正要把缎鞋放进口袋里时,一群戴着帽子的小矮人扑到他身上,打了他一顿,把他打懵了。"

"莫莉耶!莫莉耶!"乔治大声说,"那是蜜蜂的鞋子呀!快把它给我,我要吻它千百遍。我要把它放进香囊(náng)里,每天戴在胸前,等我死了,我要叫人把它放进我的棺材里。"

"悉听尊便,殿下。可是您去哪儿找这只鞋呢?小矮人早就从我那可怜的老伴儿手里夺走了。他后来想,要是当时没有想把它揣口袋里,等着回来报官,就不会活活挨那么一顿打了。他心情好的时候,总说起这个……"

"好了!好了!现在您只要告诉我那个山洞叫什么就行了。"

"殿下,人们都叫它小矮人洞,这名字起得真不错。我那死了的老伴……"

"莫莉耶!什么都别说了!弗朗戈尔,你知道那个山洞在哪儿吗?"

"殿下,"弗朗戈尔将杯中的啤酒一饮而尽,答道,"您要是好好听我唱歌,就不会问我这个问题了。我为这个山洞写过十二首歌,把它写得清清楚楚,连一块青苔都没有遗漏。我敢说,殿下,这十二首歌里面,有六首写得是真不错,另外六首也不赖。现在,就让我给您唱上一两首……"

"弗朗戈尔!"乔治大声说,"我们要攻陷小矮人洞,把蜜蜂救出来!"

"那是肯定的!"弗朗戈尔应声说。

惊心动魄的冒险

入夜，城堡里的人都睡下了，乔治和弗朗戈尔悄悄溜进地下室寻找武器。在燃着火把的房梁下，长矛、长剑、短剑、巨剑、猎刀和匕首闪闪发光；用来杀人和打猎的武器都在这里。每根梁柱下都立着一副全副武装的盔甲，看起来既坚定又骄傲，似乎里面还住着曾穿着它们的战士的英魂。护手甲的十根铁指紧握长矛，护腿甲上靠着一块盾牌，仿佛在警示后人：谨慎和勇气都必不可少，无论防御还是进攻，勇猛的战士都需要全副武装。乔治在众多铠甲中选中了蜜蜂的父亲在阿瓦隆和杜雷岛的战斗中穿过的那副。在弗朗戈尔的帮助下，他把铠甲穿戴妥当，又拿上了绘着克拉里德金色太阳的盾牌。弗朗戈尔则穿上了他祖父那副颇有些年头的锁子甲，还在磨损严重的头盔上插了一根破破烂烂的翎毛，也不知道是从哪个鸡毛掸子上拔下来的。他故意这么穿,为的是让自己看起来有些喜感,因为他觉得心情舒畅在任何时候都是有益的,尤其是在面临危险时。

两个人穿戴妥当后,便趁着月色出发了。他们走进了一片漆黑的田野里。弗朗戈尔一早就把马拴(shuān)在了暗道附近的树丛间,他们在那儿找到了两匹正在啃树皮的马,这两匹马很精神。没出一小时,他们就来到了小矮人居住的山洞前,山洞的入口在一片闪烁着的磷(lín)火中显得神秘莫测。

"这就是那个山洞。"弗朗戈尔说。主仆二人下了马,手持佩剑走进山洞。冒这么大风险可是需要巨大的勇气的。乔治凭的是爱情,弗朗戈尔则是出于忠心。真像诗句所说的那样:"在爱的指引下,友情无所不能。"

主仆二人在黑暗中摸索着走了好一会儿,忽然看到一大片亮光,他们大吃一惊。原来这是为小矮人国提供照明的一颗星星。

借着星光,他们发现自己来到了一座城堡脚下。

"我们找到了,"乔治说,"这就是我们要攻陷的城堡!"

"是的,"弗朗戈尔回答道,"但请容许我喝几口酒。酒越美味,人越有劲;人越有劲,矛越锐利;矛越锐利,敌人越软弱。"

乔治站在城堡下,一个人影也没看到,于是,他用剑柄去撞城堡的大门。一个细小而颤抖的声音传了过来,乔治循(xún)声抬头一看,只见一个非常矮小的长胡子老头站在一扇窗前,问他:"来者何人?"

"白邑的乔治。"

"所为何事？"

"夺回克拉里德的蜜蜂，你们这些卑鄙的小鼹（yǎn）鼠，居然把她关在你们的鼠洞里！"

小矮人消失了，只剩下乔治和弗朗戈尔。弗朗戈尔说："殿下，我这么说不知道是否唐突了，可您刚才回答小矮人时，口气不是很友好。"

弗朗戈尔心中并无畏惧，但他年纪大了，经过了岁月的洗礼，从感情和理智上来说，他都不喜欢与人大动肝火。而乔治则相反，他大声叫嚷着："地洞里的坏蛋、鼹鼠、蠢獾（huān）、睡鼠、臭鼬（yòu）、水道里的大耗子！赶紧把这大门给我打开，我要把你们的耳朵全都割下来！"

他的话音刚落，城堡的铜门便缓缓地自动打开了。乔治虽然害怕，但还是走进了这扇神秘的大门，因为他的勇气大过恐惧。

进了庭院，他看见四周所有的窗户、廊道里，所有的屋顶、山墙上，甚至塔顶和烟囱上，满满的都是张弓搭箭的小矮人。

他听见了铜门在身后关上的声音。紧接着，一阵箭雨冰雹似的落在他的头和肩膀上。他又一次害怕了，但这次也同样战胜了自己的恐惧。

盾在肘、剑在手，他一步步登上台阶。忽然，他瞥见长长的台阶尽头站着一个威风凛凛的小矮人，这个小矮人周身散发出一种肃穆、平和的气息，手持金杖，头戴王冠，身披绛（jiàng）红色披风。

乔治认出他正是自己的恩人。他跪在小矮人面前，对他说："我的恩人，您到底是谁？难道您和夺走我心爱的蜜蜂的那些小矮人是一伙儿的？"

"我就是他们的洛克国王，"小矮人回答道，"我把蜜蜂留在身边，是为了教授她小矮人国的智慧。孩子，你现在闯进了我的王国，犹如冰雹一样砸在开满花朵的花园里。我们小矮人并不比人类软弱，更不会像人类一样易怒、无礼。你的智慧远不及我，你这样不管不顾地乱闯，我不会与你计较。与你相比，我有太多长处，其中有一项我十分珍视，那就是讲道理。现在，我让蜜蜂来见你，我会问她是否愿意跟你走。我这么做不是因为你来了，而是因为我应该这么做。"

一阵寂静过后，蜜蜂出来了，她穿着白色的衣裙，金色的秀发散乱着。她一看到乔治，便立刻扑进了他的怀里，紧紧地贴着他骑士般坚硬的胸膛。

洛克国王看着她问道："蜜蜂，他真的就是你想嫁的那个男人吗？"

"真的是他，千真万确，他来了，洛克国王，"蜜蜂回答道，"小矮人们，你们看啊，我多开心、多幸福啊！"

接着，她哭了起来。她的眼泪流到了乔治的身上。她流下的是喜悦的泪水。她边哭边笑，说了许多话，听起来好像是牙牙学语的婴儿发出的含混不清的音节。但她没有想到的是，看到她如此幸福，洛克国王心痛极了。

"亲爱的蜜蜂，"乔治说，"我终于找到你了，你和我想象的一样，还是那么美丽，是这世界上最美丽的姑娘，而且你同样也爱着我！感谢苍天，

你爱的是我!可是蜜蜂,我之前被关在水妖国的城堡里,与你相隔甚远,是洛克国王把我从那里救出来的,你难道一点儿也不爱洛克国王吗?"

蜜蜂转过身去看着洛克国王,激动地大声说:"亲爱的洛克国王,原来是您救了他!您爱我,却救了我所爱的人……"

她说不下去了,跪坐在地上,用手捂住脸。

所有见了这一幕的小矮人们也都泪洒弓箭。只有洛克国王一脸平静。

蜜蜂感受到了洛克国王的伟大和善良,心中对他产生了一种爱意,那是一种类似女儿对父亲的爱意。

她抓着乔治的手,说:"乔治,我爱你,乔治,上帝知道我有多爱你，可是我怎么能离开洛克国王呢？"

"好啊！那我就把你们两个都关起来好了！"洛克国王故意用一种恐怖的声音大声说道。

他的语气一听就是在开玩笑，根本吓唬不了人。实际上，洛克国王一点儿也没有生气。

弗朗戈尔走向洛克国王，单膝跪地，说："陛下，我愿陪我这两位主人一起坐牢，恳请陛下恩准！"

蜜蜂认出了他，对他说："原来是您啊，我亲爱的弗朗戈尔。能再见到您我非常高兴。您头上这根羽毛可真威风。快给我说说，您最近又写了什么新歌？"

洛克国王笑了，邀请他们三人一起去参加宴会。

圆满的结局

第二天,蜜蜂、乔治和弗朗戈尔穿上了小矮人们准备好的礼服,来到了洛克国王的宴会厅。

洛克国王也换上了国王的服装,他身后跟着一群军官,各个全副武装,身上穿着野兽的皮毛,头盔上插着天鹅的翎羽。小矮人们成群结队地赶来,顺着窗台下方,从窗子、通风口、烟囱进入宴会厅。

洛克国王登上一张石桌,石桌的一边摆放着许多精工细制的长颈壶、烛台、高脚杯、金酒杯。他做了一个手势让蜜蜂和乔治走近些,然后朗声说:"蜜蜂,我们小矮人国有一条法律,规定羁(jī)留我国的外乡人,住满七年后便可获得自由。你和我们已经共同生活了七年,蜜蜂,如果我再不让你走,那我就会成为一个不守法的坏公民,一个有罪的国王。尽管我没能娶你为妻，但在你离开之前，我希望能够亲自把你嫁出去，嫁给你自己选的丈夫。我很乐意这样做，因为我爱你胜过爱我自己，即便我还有遗憾，它也会像一个小黑点，被你的幸福抹去。克拉里德的蜜蜂，小矮人国的公主，把你的手给我，还有你，白邑的乔治，把你的手也给我。"

洛克国王把乔治的手放在了蜜蜂的手上，转向他的子民，高声说："小矮人们，我的子民们，你们今天见证了他们的订婚仪式。之后，他们要回到地面上结婚。希望他们回到地面上，在那里浇灌出名为勇气、谦卑和忠诚的花朵，如同园丁培育出玫瑰、石竹花和牡丹那样。"

说完，小矮人们发出了一阵欢呼。他们不知道是该难过还是该高兴，心中百感交集。

洛克国王再次转过身来看向这对订婚的新人，示意他们看向那些长颈壶、高脚杯等精美的器皿（mǐn），说："这些，都是小矮人国送给你们的礼物。收下吧蜜蜂，看到这些，你就能想起你的小矮人朋友们，这些都是他们送给你的，而不是我送给你的。至于我送给你的是什么，过一会儿你就知道了。"

一阵长时间的静默后，洛克国王用慈爱的眼神看着蜜蜂，头上戴着玫瑰花环的蜜蜂是那么光彩照人。

洛克国王握着蜜蜂的手，接着说道："我的孩子们，仅仅相爱是不够的，还要懂得如何去爱。炽热的爱恋固然美好，但长久的爱意更加幸福。愿

你们的爱既充满柔情,又历久弥坚,希望你们的爱什么都不缺,尤其不能缺少宽容和恻隐之心。

"你们都还年轻,样貌俊美,心地善良,但你们生而为人,不免要遭受苦难。如果你们毫无恻隐之心,那么你们的感情就很难禁受得住各种境遇的考验,少了这份恻隐之心,你们的感情就会像节日的盛装,虽然美,却无法为你们遮风挡雨。真正爱一个人时,无论对方是贫穷还是深陷困境,都会不离不弃。宽容、谅解、慰藉才是爱的真谛。"

洛克国王顿了一下,心中充满感动和温情,然后他接着说:"我的孩子们,祝你们快乐;希望你们永远幸福,永永远远。"

他说话时,皮克、塔德、蒂格、鲍勃、吕格和珀奥把身体挂在蜜蜂的白色长裙上,央求着她不要离开他们。

这时,洛克国王从腰间取出一枚戒指,戒指上的宝石发出耀眼的光芒。这正是他用来打开水妖牢房的那枚有魔力的戒指。他将这枚戒指戴在蜜蜂的手指上,说:"蜜蜂,请你收下我送给你的这枚戒指,它能让你和你的丈夫随时回到小矮人国。我们会热情地招待你们,尽全力帮助你们。以后,请告诉你们未来的孩子,不要瞧不起我们这些生活在地下的纯真又勤劳的小矮人。"

第二部分
孩子的宴会

过草场

吃过早饭,卡特琳娜就带着小弟弟热昂一起到草场去了。

出发的时候,天色尚早,天空还不是很蓝,只是有些接近蓝色,它有些灰暗,那种颜色非常柔和。卡特琳娜的双眸正是这种颜色,宛若清晨的天空。

卡特琳娜和热昂的母亲是一个农妇,此刻正在农场里劳作。家里没有女仆照顾他们,这两个孩子也不需要别人照顾。他们认识路,那些树林、草场和山丘全都记在他们心里。卡特琳娜看着太阳的方位就能知道具体时间,自然的神奇奥秘她都能猜得到,而这些,都是城里孩子不知道的。小小的热昂也懂得很多关于树林、池塘和大山的事情,别看年纪不大,他可是一个实打实的乡下小伙子。

他们走过一片繁花似锦的草地。卡特琳娜一边走,一边扎一束花。她摘了些蓝色的矢(shǐ)车菊、橙红色的虞(yú)美人,还有汉宫秋和黄金凤——她知道这些花也叫黄蝴蝶。她还知道麦田边上开着的那些俏丽的紫色小花叫作维纳斯之镜。她又摘了些乳草和太阳花,还摘了些铃兰。白色的小铃铛在微风中轻轻摇曳,散发出沁人心脾的香味。卡特琳娜很爱花,她觉得它们非常美丽,还可以当作装饰品。

她穿得非常朴素,棕色的太阳帽遮住了一头秀发,样式简单的连衣裙外面有一条棉质的罩裙,脚上穿了一双木鞋。她只有去教堂参加圣母玛利亚和圣卡特琳娜的节日时才会穿戴漂亮的服饰。但有些事情是小女孩天生就知道的。比如,卡特琳娜知道花可以当作装饰,美丽的姑娘们将花束别在身上,会显得格外动人。

她有一个想法,觉得自己戴上一个比她头还大的花环,一定会美丽非凡。这个想法简直像她手里的花一样,灿烂耀眼又馥(fù)郁[①]芬芳。有些想法是难以用语言表达的,文字虽美,却无法描摹(mó)一二,只有歌曲,那些最明快柔和的音符、最甜美动人的歌声,才可以表达。

卡特琳娜的双手不停地采着花,嘴里哼唱着"我一个人去树林"和"我要把心儿交给他,我要把心儿交给他"。

弟弟热昂的性格和卡特琳娜完全不一样。他是一个乐天派,虽然他还没

[①] 馥郁:形容香气浓烈。

有像大孩子一样穿上长裤,但他的心理年龄可比实际大不少,没有哪个小伙子比他更快乐了。

他害怕摔倒,一只手抓着姐姐的裙子,另一只手挥舞着鞭子,力气大得好像一个壮实的小仆人。

小小的热昂并不沉迷于轻柔的美梦。他对田间的花朵不感兴趣,脑子里想着的游戏都是很费力的活计。他想象有一辆载着重物的马车陷入了泥地,而自己正拉着辔(pèi)头拽着马,边吆喝边挥打着鞭子向外拖车。

卡特琳娜和热昂走过草地,沿着山丘来到一处高地,在这里,你能看到村子里的袅(niǎo)袅炊烟,还有远处教堂的钟楼;在这里,你能感觉到这片土地非常辽阔。卡特琳娜在这里对人们给她讲的那些故事有了更深的理解——那些关于诺亚方舟里的白鸽、《圣经》里天国之地的以色列人的故事。

"我们坐在那儿吧。"她说。

她坐了下来，撒开手让采来的花撒落满身，整个人弥漫着花香，蝴蝶围着她轻舞蹁跹（piánxiān）。她挑选着花，搭配着把它们编成花环和"王冠"。戴上铃兰制成的耳坠后，现在的她看起来就像牧羊人崇敬的乡村圣母。

而热昂正忙着假装赶一群马，他一眼瞥见了装扮起来的姐姐，心里立刻升起了一种崇拜之情。

他停下身子，鞭子从手里落到地上。他觉得姐姐简直太美了！他想用自己稚嫩的声音把这个想法表达出来，但并没有成功。

而姐姐却猜出了他的心思。卡特琳娜是一个大姐姐了，大姐姐就是"小妈妈"了，不用弟弟说，她就已经猜到了，她有着一种宛如神一样的本能。

"没错，亲爱的，"卡特琳娜大声说，"我也给你编一个漂亮的'王冠'，你就能看起来像一个小小的国王啦！"

于是，她用了一些蓝色、白色、黄色和红色的花编成了一顶"王冠"。她把它戴到了小热昂的头上，他的小脸兴奋地发红。她亲了亲他，把他从地上抱起来，放在了一个石台上。然后，她欣喜地打量着他，因为他那么漂亮，而这份功劳属于她，是她把他变得这样美丽的。

小小的热昂站在石台上，他明白自己现在很俊美，这个想法让他对自己

产生了一种深沉的敬意。他知道自己现在很神圣。他挺拔地站在那里,一动不动,两只眼睛睁得圆圆的,双唇紧闭,手臂下垂,小手张开,十根手指好像轮辐(fú)①一般展开。他觉得自己成了一尊神像,感受到一种虔诚的快乐。头顶着蓝天,树林和田野尽在脚下。他屹立于天地之间。只有他一个人那么伟岸,只有他一个人那么俊美。

卡特琳娜突然大声地笑了出来,嚷道:"啊,你太滑稽了,我的小宝贝热昂!你的样子真是太滑稽啦!"

她扑到弟弟身上,抱住他,摇晃着他。他头上的"王冠"被她摇晃得滑到了鼻子上。

她还在说着:"哎呀!多滑稽!多滑稽啊!"

但小热昂却笑不出来。他觉得很伤心,并且很奇怪为什么这么快就结束了,他不再漂亮了。重新变回一个普通的自己让他有些难过。

他的"王冠"散开了,花散落了满地。小小的热昂又变得和寻常人一样了。没错,他不再是俊美的了,但仍然是那个憨态可掬的小伙子。他捡起鞭子,又开始驱赶着他想象出来的马车,继续前行。

卡特琳娜还在摆弄着她的花,但有的花已经蔫了,有的花则合起花瓣睡着了。因为花和动物一样,它们都会睡觉,几个小时前摘下的风铃草,现在已经合上了紫色的小铃铛般的花瓣,睡在了把它们摘下来的小手里。

---

① 轮辐:保护车辆车轮的轮圈、辐条的装置。

一阵微风拂过，卡特琳娜打了个哆嗦。

夜晚来临了。

"我肚子饿了。"小热昂说。

但是卡特琳娜没什么食物能给弟弟吃，连一片面包都没有。

她对他说："弟弟，咱们回家吧。"

两个人都想到了大烟囱下那口挂在铁钩上的锅，里面炖着冒着热气的白菜汤。

卡特琳娜把花敛入怀中，牵着弟弟的手，带他往家的方向走去。

太阳慢慢西斜，坠向火红的天边。燕子展翅滑翔，从两个孩子身边飞过。夜幕降临了，卡特琳娜和热昂紧紧地互相依偎。

一路上，卡特琳娜一朵接一朵地扔掉了怀中的花。蟋蟀不知疲倦地叫着，在这寂静的旷野中显得格外刺耳。

姐弟俩有些害怕，心中满是忧伤。虽然身边都是他们原本熟悉的景物，但这一切看起来却陌生而神秘。

他们觉得筋疲力尽，担心永远也走不到家了，回不到正在为全家人煮汤的妈妈身边了。

小热昂不再挥动鞭子了，卡特琳娜的最后一朵花也从手中滑落了。她紧紧拉着弟弟的胳膊，两个人沉默不语地走着。

最后，他们远远地看到了家里的屋顶，在昏暗的夜色下，那里升起了缕缕炊烟。于是，他们停下脚步，一起拍着手，发出了欢快的叫声。

卡特琳娜亲了亲弟弟，然后他们一起用疲惫的双脚全力奔跑起来，跑得要多快有多快。

进了村子，从田里干活回来的妇人们向他们道着晚安。他们深深吸了一口气。

妈妈就在门口，头上戴着白色的软帽，手里拿着汤勺。

"来吧，孩子们，快过来吧！"她对他们喊道。两个小家伙立刻扑进了妈妈的怀里。

当他们走进屋里的时候，白菜汤正冒着热气。卡塔琳娜又打了一个寒战，她看到夜幕笼罩在大地上，而热昂则坐在一张靠背椅上，下巴刚好能够得着桌面，他已经开始喝汤了。

孩子的宴会

"宴会"游戏真的太好玩了!这个游戏你想怎么玩就怎么玩,可以很简单,也可以很复杂,随你的便。哪怕什么都没有,你也可以玩"宴会"游戏。你只要发挥充分的想象,假装自己有很多很多的东西就行了。

泰蕾丝和妹妹宝琳娜邀请了皮埃尔和马尔特来乡下玩"宴会"游戏。宴会的邀请早已正式发出,而且他们提前很久就在商量着玩这个"宴会"游戏了。两姐妹的妈妈提了不少建议,还会拿出一些小甜点给她们。比如牛轧糖、玛芬和巧克力蛋糕。

"希望有一个好天气!"泰蕾丝大声说。她已经九岁了,像她这个年龄的孩子已经知道这个世界上美好的愿望常常会落空,想做的事也不是每次都能完成。但是,小小的宝琳娜丝毫不以为意。她还想不到玩"宴会"游戏时

天气会不好。那天肯定是阳光灿烂的一天，因为她带着这样的希望。

这天终于来临了。啊！这一天真是空气清新，阳光耀眼。天空中一丝云也没有。两位客人都到了，这可真好！之前泰蕾丝还一直担心，怕马尔特的感冒不能及时痊（quán）愈。至于皮埃尔，大家都知道他总是赶不上火车，但谁也不会因为这个责怪他。这是他的不幸，但错误并不在他，因为他的妈妈向来不是一个细心的人，所以无论去哪儿，皮埃尔总是迟到，好像任何事情的开头，他都没参与过。对此，他已经感到麻木了。

餐具摆好了，宴会即将开始。"女士们先生们，大家请坐过来！主人泰蕾丝负责为大家上菜。"她一副热情周到又认真仔细的样子，主妇的天性在心中觉醒了。皮埃尔殷勤地为伙伴们切着烤鸡，他的脸伸进了盘子里，手肘挥到了头顶上，奋力地切下一根鸡腿。他浑身上下没有一处不在用劲儿。马尔特小姐文雅地吃着东西，没有太大的动作，安静得像一个小大人一样。宝琳娜可顾不上那么多，她乐意怎么吃就怎么吃，想吃多少就吃多少。

泰蕾丝一会儿照顾别人，一会儿假装自己也是宾客，她感到十分满足。这种满足感大过喜悦的心情。

小狗基普也跑了过来，把剩下的肉都吃光了。泰蕾丝看它啃着骨头，心想：小狗们怎么会知道大人们的宴会和孩子们的"宴会"游戏有多么精致考究呢，这才是最令人感到惬（qiè）意的事情呢。

艺术家

　　米歇尔的父亲是一个画家。这孩子经常看到自己的父亲在画布上画出各种栩（xǔ）栩如生的人物和动物，融合着大地、海洋、天空以及整个大自然的斑斓色彩，妙不可言。

　　他发现父亲很擅长画女人，那些金发女子个个皮肤白皙又面带微笑，她们的眼睛犹如露珠，嘴唇好似火焰。

　　米歇尔想，等我长大了，我才不要画女人，我要画马，马可比女人漂亮多了。

　　他已经试着画出他能想象出的最漂亮的动物了，但是他笔下的马有些特别，它们都不太像马，倒更像四条腿的鸵鸟。绘画实在是太难了！

　　但米歇尔的进步仍然很大，现在再去看他的画，大概就能看得出他画的是什么了。他每天都在画画,既耐心,又热情。剩下的就交给时间吧,也许有一天,米歇尔也能成为他父亲那样的大画家。

昨天,他在纸上画了一幅画,构图很不错。他画了一位绅士,正向海边行走。除了这位绅士的手臂是从胸前长出来的之外,其余部分画得都不错。

他在那位绅士的衣服上画了四粒扣子,这已经是不小的进步了。另外,他还在绅士的身旁画了几棵树,又在远处画了几艘船。绅

士看起来好像要把其中一艘船放在自己手中,而且像是要把树吃掉一样。这可能是因为透视的角度不太对。即便是最伟大的画家,他们的画作里偶尔也存在这种问题。

今天,米歇尔完成了一幅更庞大的画作,里面有人物、船只和风车。他正在为这幅伟大的作品做收尾工作。

他一直凝视着眼前这幅画作,深深地陶醉其中。他越看越觉得这幅画作上的船好像真的在水面上缓缓前行,风车也好像在不停转动一样。他像那些真正的艺术家一样,又如同上帝那样,对自己的作品感到非常满意。

可他忘了在他脚边玩毛线团的小猫。米歇尔一离开房间,小猫便跳上了桌子,用它的小爪子打翻了墨水,溅到了纸上,就这样把米歇尔的杰作毁了。

这位画家开始可能会有些难过,但很快他就重新整理好了自己的心情,打算再画一幅作品来弥补小猫造成的损失。天才就是这样不断战胜厄(è)运的。

雅克琳娜和米罗

雅克琳娜和米罗是一对好朋友。雅克琳娜是一个小女孩,而米罗是一条大狗。他们一起在乡下长大,所以关系很亲密。

他们是什么时候认识的?关于这个问题,谁也记不得了,这已经完全超出了一条狗和一个小女孩的记忆范围,而且他们也没必要知道这些。他们唯一知道的是:他们已经认识了很久,好像从万物伊始时就已经认识了彼此,毕竟他们无法想象宇宙在他们出生之前就已经存在了。在他们心中,世界和他们一样天真烂漫、妙趣横生。雅克琳娜和米罗对彼此的看法都是一样的。

米罗要比雅克琳娜更高、更壮。它把前爪搭在这孩子的肩上时,足足比她高出一个头加一个肩膀,它甚至三口两口就能把她吃了。但它知道,她身体里有一种力量,虽然很弱小,但弥足珍贵。它喜欢她,爱她,常常会热情地伸出舌头来舔她。

雅克琳娜也很爱米罗,因为它强壮又温和,她对它有一种崇拜之情。她发现米罗知道许多她不知道的秘密,并且认为它是这个地球上最为神秘的小天才。她对它的崇敬和热爱,如同远古时期在另一片蓝天下的人们敬畏着森林和田野中毛发旺盛的神明一般。

但是有一天,她感到惊恐不安:她看见她那古老的大地之灵、毛茸茸的"米罗神"被一根长长的绳子拴在井边的大树上。她看着它,迟疑不决。米罗也用它那善良的目光耐心地望向她。它不知道自己是神,更不知道自己是一个长满毛发的神灵,所以也就毫无埋怨地戴着狗链和项圈。

可雅克琳娜却不敢再往前走了。她不明白被她敬若神明一样的好朋友为什么成了一个囚徒,一种莫名的伤感掠过了她幼小的心灵。

钓鱼

　　热昂和妹妹热昂娜一大早就准时出发了。他肩上扛着鱼竿,手上挎着鱼篓(lǒu)。现在是假期,不用去学校,正是因为如此,热昂才会每天都扛着鱼竿,挎着鱼篓,和妹妹热昂娜一起出门,沿着河岸往前走。

　　热昂是一个都兰①小伙子,妹妹热昂娜自然是一个都兰小姑娘,连河水都是都兰的河水。

　　清澈的河水流过两岸的银柳,在湿润而晴朗的天空下静静流淌。每当清晨和日暮,总会有一层白色的雾气笼罩在水草上。可热昂和热昂娜喜欢的既不是河岸边茵茵的绿草,也不是倒映着天空的纯净河水,他们喜欢的是河里

---

① 都兰:法国西部的一个省。

的鱼。

　　他们选了一个鱼最多的地方停下脚步。热昂娜在一棵秃顶的大树下坐了下来,热昂把鱼篓放在地上,解开渔具。他的渔具很简单:一根竿子,上面系着一根线,线尾是一个掰弯的针头做成的钩子。竿子是热昂找到的,线和钩子是热昂娜弄来的,所以这个渔具是兄妹二人的共同财产。

　　然而,他们都想独占渔具。这件本来只是让鱼倒霉的普通工具,却成了兄妹俩争吵的根源,哥哥和妹妹都想独自用它钓鱼。一时间争执不下,两个人在原本安静的河堤上扭打了起来,热昂的胳膊被掐紫了,热昂娜的小脸被打得通红。

　　等到两个人掐累了,打累了,最后终于达成一致意见,谁

也不许动手去抢，大家要和平共处，轮流使用，谁要是钓上来一条鱼，就必须把鱼竿交到另一个人手中。

这次先由热昂开始，但没人知道他什么时候能用好鱼竿。他虽然没有明目张胆地破坏约定，却磨磨蹭蹭地用起来没完，实际上并没有履行事先的约定。为了不让妹妹用鱼竿，就算鱼咬住了饵，沉了浮子，他也不把鱼竿提起来。

尽管热昂诡计多端，但热昂娜却很有耐心。两个小时过去了，她一直在等着。最后，实在等得太无聊了，也有些等累了，她打了一个呵欠，伸着懒腰，躺在柳荫里闭上了眼睛。

热昂用余光一瞥，以为她睡着了。只见浮子一沉，他猛地一拉，线尾一道银光闪过，一条白杨鱼上钩了。

"啊，现在该我了，快给我！"他身后一个声音叫嚷着。

热昂娜把鱼竿抢了过来。

枯叶

秋天来了。秋风入林,吹得枯叶漫天飞舞。栗子树的叶子已经落尽了,向空中伸出嶙峋(línxún)的黑枝条。现在飘落的是山毛榉(jǔ)[①]和千金榆的叶子。白杨和赤杨的叶子变得金灿灿的,只有高大的栎树仍然绿意盎然。

早上空气清新,凛冽(lǐnliè)的晨风奔跑在灰蒙蒙的天空中,追赶着天边的云朵,孩子们的手指被吹得通红。

皮埃尔、芭贝和热昂诺出门去捡枯叶。

这些枯叶前不久还是鲜活的,上面缀满了露珠。林间,鸟儿的歌声清脆又婉转。现在,成千上万干巴巴的叶子铺了满地。叶子虽然已经死了,但是

[①] 山毛榉:又名矮栗树、杂子树,温带阔叶落叶林的主要组成树种之一。

它们的气味却依然清新。很快,它们就会变成山羊里克特和母牛卢塞特身下的垫草。

皮埃尔是一个个头矮小的男孩子,却提着一个大大的竹篮;芭贝扛着袋子,她是一个女孩子;热昂诺推着推车跟着他们。

下坡的时候,他们跑了起来。在林边,他们遇见别的村子里来的孩子们,这些小孩也来捡过冬用的枯叶。他们是来劳动的,可不是来玩闹的。

但不要以为孩子们会因为劳动而感到不快乐。劳动是严肃的,但它不会令人感到不快乐。

很多时候,孩子们经常模仿大人辛苦劳作的情景,玩假装劳动的游戏。在他们看来,这是一件很好玩的事情。

现在,孩子们开始干活了。男孩子们干活的时候都默不作声。他们都是农家的孩子，长大后就是真正的农民了，而农民都是不怎么爱说话的。

要说起农家的女孩子们，那可就不一样了。她们喜欢一边往篮子和袋子里装枯叶，一边说个不停。

太阳升到空中，田野慢慢地变热了，缕缕炊烟也从屋顶升了起来。孩子们知道这些炊烟意味着什么：锅里正煮着豌豆汤。再捡一捧枯叶，干活的小农民们就要回到村子里去了。

孩子们推着车子向前走，有的被袋子压弯了腰，有的身体都要俯在推车上了，他们热得额头上渗出了汗珠。

皮埃尔、芭贝和热昂诺此刻有些累了，都停下了脚步，想休息一下，喘口气。

一想到豌豆汤，他们瞬间又有了力气。孩子们背着袋子，推着车，喘着粗气，终于到家了。

妈妈正在门口等着，向他们喊道："快来！孩子们，汤煮好了。"

小朋友们觉得汤美味极了。用自己的辛勤劳动换来的汤才是最美味的。

小·"水鬼①"

这些小水手可是名副其实的小"水鬼"。

看看他们的样子啊：他们把头上的贝雷帽一直拽到耳朵边，如果这样做，当狂风裹挟着浪花的泡沫，低吼着从大海上吹过来时，呼啸的海风就不会刺痛他们的耳朵了。为了抵御寒冷和潮湿，他们穿着厚厚的毛衣。他们身上穿着打满补丁的衣裤，这些都是长辈们穿过的，而且大部分都是用父母穿旧的衣服裁剪出来的。

他们的脾气和秉（bǐng）性都与父辈如出一辙：纯朴、勇敢、吃苦耐劳。一出生，他们就心胸宽广。他们为什么会具备这种品质呢？除了上帝的

---

① 水鬼：指特别有经验的水手。

恩典和父母的影响以外,很多都是大海给予的。危机四伏的大海,造就了这些小水手坚毅勇敢的品质。这样说来,大海可真是一位既粗暴又善良的教练啊。

所以,尽管我们的小水手们年纪不大,思想幼稚,但个个都像久经沙场的勇士。

他们趴在海边的堤岸上,望向前方的大海。他们看到的不只是海天之间隐约的海蓝色分界线,也不只是天空中大团大团形状各异的云朵。他们望向海的尽头,看到的是比大海的颜色和云朵的形状更为深沉而且动人的东西:那就是

满怀深情的爱。

孩子们认真地凝望着出海捕鱼的渔船，这些渔船很快会从天际返航，他们的叔叔、伯伯、父亲还有哥哥将会满载而归，大虾堆满船舱。

过一会儿，一支小船队就会出现在海天交界之处，小船扬着白色和棕色的帆。天空万里无云，海面风平浪静，涨起的潮水泛着波浪，缓缓将渔船推向海岸。

可大海却是一个阴晴不定的老家伙，它的形态千变万化，而且唱出的歌声也各不相同。今天它开心地哈哈大笑，明天又在夜间低沉地嚎（háo）叫，翻滚的浪潮好似它的白胡子。

那些灵巧的船只，尽管在牧师高唱的赞美诗中获得祝福后才会起航，可大海却还是毫不留情地将它们掀翻，让那些最老练的船长葬身其中。这全是由于它的阴晴不定造成的后果，所以村子里有许多妇人头上戴着寡妇服丧用的黑帽。

玛丽

小女孩天生就喜欢摘星星和花朵，可星星是无法被摘下来的，星星让她们明白，这个世界上有许多愿望永远无法实现。

一天，玛丽小姐去公园玩，她发现了一个有绣球花的花坛。她看到绣球花如此漂亮，便想摘下一朵。

摘这朵花可真不容易，她两只手用力地拉着花，当花茎折断的时候，她几乎整个人都向后倒去，差一点儿就摔倒在地。能够摘下这朵花，她既满意又骄傲。

可这件事被保姆看到了，她嘟囔着冲了过去，抓住玛丽小姐的手臂，责罚她，要她悔过。但她没有把玛丽关进小黑屋子里，而是惩罚她跪在栗子树旁，一柄巨大的日式太阳伞下。

玛丽小姐感到既惊奇又疑惑,坐在那里陷入了沉思。那朵绣球花还在她的手中,太阳伞下的她周身散发着一圈光芒,宛如从外国运来的一尊雕像。

保姆说:"玛丽,你不可以把花放进嘴里。你要是不听话,小狗托托就会把你的耳朵咬掉。"说完,她便走开了。

这个小小的"罪犯"跪坐在灿烂耀眼的太阳伞下面一动不动,只是看看四周，望望天，再看看地。

天地真的好大，足够让一个小姑娘感兴趣地研究好一阵子。可她手中的那朵绣球花比其他任何事物更能引起她的兴趣。她心想："这朵花一定很香！"

于是，她伸着鼻子凑近红蓝相间的绣球花上，闻了又闻，可并没有闻到任何味道。

她还不太会闻香味，不久之前，她闻玫瑰时还不会吸气，只会冲着花吹气。你可不能因为这个就嘲笑她，谁也不能一下子学会很多。而且，就算她现在和妈妈一样嗅觉灵敏，在这种情况下，她也什么都闻不到，因为绣球花本来就没有香味。

尽管绣球花很美丽，但是看久了也会让人感到厌倦。不过，玛莉小姐又想："也许这朵花是糖做的呢。"

于是，她把嘴张得大大的，把花放进了嘴里……

"汪汪！"突然，响起了一声狗叫声，是她的小狗托托来了。它从花坛那边冲了过来，两只耳朵竖着，一直跑到玛丽小姐身前才停下来，用一双敏锐的圆眼睛望向自己的小主人。

卡特琳娜的招待会

现在五点了,卡特琳娜小姐要给她的玩具娃娃们开一个招待会了。这可是她的大日子。

玩具娃娃是不会说话的,小精灵让它们微笑,却不让它们会说话。小精灵这么做是为了大家好:要是玩具娃娃能说话,那我们就只能听娃娃说话了。话虽如此,招待会的气氛还是很愉快的。

卡特琳娜小姐替她的客人说话,也为自己发言,她自己提问题,自己回答。

"您好吗,夫人?"

"很好,谢谢!我昨天早上去买点心,把手折断了,但现在已经好了。"

"啊，那可太好了。"

"您的小女儿最近好吗？"

"她得了百日咳。"

"啊，真不幸！她咳嗽吗？"

"咳！她得的是百日咳。"

"您知道的，上个星期我又生了两个孩子。"

"真的吗？这样您就有四个孩子了。"

"四个还是五个，我现在也说不清了。孩子多了，我就容易记不清。"

"您这件衣服可真好看。"

"啊，我家里还有比这更漂亮的衣服呢！"

"您常去戏院看戏吗？"

"每天晚上都去。"

"昨天我去看了木偶戏，不过珀奥里奇奈勒①没有上台，因为他被狼吃了。"

"亲爱的，我每天都去参加舞会。"

"那一定很有趣。"

"是的，我穿着蓝色长裙，和一些年轻人跳舞：将军、王子、糖果蜜饯（jiàn）店的老板，都是各行各业中最厉害的人。"

---

① 珀奥里奇奈勒：法国木偶戏中经常会出现的一个人物，他一出场就要向人们诉说一些秘密。

"您今天看起来美极了,亲爱的。"

"现在是春天了。"

"对,真可惜,今天下雪了。"

"我喜欢雪,因为雪是洁白的。"

"哦,还有一种雪是黑色的呢!"

"没错,不过那是一种坏雪。"

谈得可真不错,卡特琳娜小姐嘴皮子挺溜。

但我还是得给她挑挑毛病:她只跟同一位客人聊个不停,就是那位长得

漂亮，还穿着美丽长裙的客人，这样可是不对的。一个完美的女主人应该对每位客人同样亲切。

她应该对所有人一视同仁，如果要表现出对谁有偏爱，那也应该是对那些最穷苦的、最不幸的人。我们应该去关心那些不幸的人，那样才合理。

卡特琳娜无师自通地想到了这一点，因此她参透了什么才是真正的礼貌：那就是拥有一颗关心他人的心。

她为客人们倒茶，没有遗漏任何一位。她还让那些生活贫困、不幸而且拘谨的娃娃们多吃点儿那些看不到的点心和用多米诺骨牌伪装成的三明治。

也许有一天，卡特琳娜会举办一个宴会，法国古老的传统礼仪将在那个宴会中焕发生机。

病愈

热尔曼病了。没人知道她是怎么生病的,但热尔曼很快就好了,并没有没太难受。

病愈的过程,比之后彻底恢复健康的感觉更加美妙。希望和期盼的过程也常常比我们梦想得到的东西更加美好。

热尔曼睡在自己的床上。她的房间非常漂亮,阳光也很充足,她的梦想与这个房间一样,充满阳光。

她望着床边的木偶,还是有些无精打采。小女孩和木偶的感情很深,睡觉时都会将木偶放在自己身边。热尔曼的木偶和它的"小妈妈"一起生病了,现在也和她一样正在康复中。等病好了,它就和热尔曼一起坐汽车出去玩。

医生也给木偶诊断过了。阿尔弗莱德来给木偶把过脉，他是一位很糟糕的医生，只会说砍掉胳膊或砍掉腿。在热尔曼的央求下，他总算同意治好木偶，不用把它切成一块一块的了。他又开了一些药方，但尽是些糟糕的药方。

生病至少有一个好处：它可以让我们重新认识自己的朋友。

热尔曼现在知道了，她完全可以信赖善良的阿尔弗莱德；她也明白姐姐露西和她是最好的姐妹。

她生病的那些天里，露西到她的病房里来教她学习，为她缝纫（rèn），还亲手为她泡茶喝。她送来的可不是阿尔弗莱德开的那些苦苦的汤药，而是加了野花的清甜可口的香茶。

热尔曼一闻到香茶的味道，就想起了山野里开满鲜花的小径，孩子们和蜜蜂都知道那些路，去年她去那儿玩了很多次。阿尔弗莱德也想起了风景优美的山间的小路、成片的树林、清澈的泉水，还有在山崖附近来来回回，走起路来身上的铃铛叮咚作响的小毛驴。

罗杰的种马

喂养种马可是一件令人头疼的事儿。马可是一种很金贵的动物,需要人尽心尽力地照料。不信你问问罗杰就知道了。

这会儿,他正在刷洗着那匹俊美的栗红色马,要不是它在一场战斗中断了一半尾巴,那真可谓是木马中的珍宝、黑森林种马场里的娇花。罗杰很想知道,木马的尾巴掉了还能不能再长出来。

罗杰在脑海里想象着给小马们洗刷和按摩了一番之后,又开始给它们喂假想出来的燕麦,这也是喂养小马的正确方法。在梦里,正是这些小马驮着男孩们在梦的国度里奔跑的。

罗杰现在要骑上这匹英勇无敌的小马出去奔跑了。他跨上了马背。虽然这匹可怜的小马已经没有了耳朵,鬃(zōng)毛也很残破,好像一把断了齿

的旧梳子，可罗杰却很喜欢它。为什么呢？没人知道。这匹小马是一个穷人送给他的礼物。相对于其他的礼物，穷人送的这份可爱的礼物更让人觉得难能可贵。

罗杰骑着小马出发了，他已经跑得很远了。他来到地毯上，那里的花朵好像只有在热带地区才开。

旅途愉快，罗杰！祝愿你的小马载着你快乐地环游世界！祝愿你永远也不要骑上一匹难以驾驭的烈马！不论强大也好，弱小也罢，每个人都骑着自己的马！谁没有自己心爱的马呢？

每个人心爱的小马都沿着生活的轨迹一路狂奔，有的马为了荣耀而驰骋，有的马为了享受而狂奔，还有许多马坠入悬崖，摔断了骑手的颈脖。

祝你好运，罗杰。

我希望，等你长大后，能拥有两匹马，让它们载着你，奔向光明的道路。这两匹马都无比俊美，一匹温驯，一匹刚烈，它们的名字分别叫作"勇敢"和"善良"。

勇敢

露易松和弗雷德里克去上学了,他们走的是村里的一条路。太阳在天空中高兴地散发着它的光芒,两个孩子也开心地唱着歌。他们的歌声好像夜莺那样轻松和快乐。他们唱的这首歌,是他们的祖母在儿时就会唱的,未来,他们也会把这歌唱给自己的孙辈们听。歌声是娇嫩的花朵,永远不会凋零,可以穿越时空,延绵不绝,祖祖辈辈口口相传。有一天,嘴唇可能会失去色泽,嘴巴也不再能发出声音,但是歌声却是有生命的,它永远飘扬。有些歌从很遥远的年代就开始传唱,一直传到现在,久远到当时的男人都还是牧羊人,女人都还是牧羊女。所以这些歌里描述的都是一些羊和狼的故事。

露易松和弗雷德里克唱着歌,他们的小嘴嘟得圆圆的,好像花朵一般,他们的歌声回荡在清晨的旷野中,婉转又清脆。可突然,弗雷德里克的声音卡在了喉咙里。

到底是什么看不见的力量将这个小学生的歌声卡在了喉咙里，让他无法放声歌唱了？答案是恐惧。

每天，弗雷德里克都会在村里那条路的尽头看到屠夫养的大狗，这就像是他的宿命一样，只要一看见它，他就会心头发紧，腿脚也不由得开始发抖。可实际上，屠夫的大狗并没有扑上来吓唬他，更不会攻击他，只是安静地坐在主人的店铺门前。可是，它通体发黑，那双布满血丝的眼睛盯着行人，目露凶光，一口白森森的犬牙看上去很锋利。这条狗也太可怕了，而且它身边到处堆着内脏和碎肉，这样看起来就更可怕了。这并不怪它，谁让它是屠夫的狗呢，看着就像一头野兽。弗雷德里克老远就望见它蹲在大门口，于是，他开始学习大人对付恶犬的那套方法，摸了一块大石头在手中，贴着屠夫家对面的墙壁走过去。大狗看到他后，灰溜溜地贴着墙根跑开了。

这次，他又是这样应付过去的。露易松不禁对着他笑了起来。

露易松没有像看热闹一样嘲笑他。她什么都没说，甚至都没停下口中唱的歌，只是换了一个调子，开始用一种带有讽刺意味的调子唱着。

听了这歌声，弗雷德里克的脸一直红到了耳朵根儿。

他小脑袋里的思绪千回百转，他意识到，比起危险，羞耻更令人感到害怕。这会儿，他开始认识到真正的"害怕"了。

就这样，今后他每次放学回来时，只要一看到屠夫家的狗，就骄傲地从它面前大胆地走过去,而那只大狗在原地趴着,一脸惊愕。

故事还没讲完,弗雷德里克每次这样做的时候,都要用眼角瞄露易松,想知道她是不是在一旁看着他。有句话说得一点儿也没错,这世上要是没有夫人和小姐,也许男士们就不那么勇敢了。

芳绚

一

一大早,芳绚就像小红帽一样,出发去看望住在村子尽头的奶奶。芳绚可不像小红帽那样,走到半路停下来去树林里采榛子。她沿着路一直走,因此没有遇到大灰狼。

她离得很远时,就看到奶奶坐在石头门槛(kǎn)上,那张牙齿掉光了的嘴,露出了一抹微笑。奶奶张开疙疙瘩瘩、像葡萄蔓枝一样枯瘦的手臂,将她的小孙女迎入怀中。

芳绚要在奶奶家待一整天,这让她高兴极了。一辈子的酸甜苦辣都尝过来了,她的奶奶现在已经没有什么烦心事儿了,像借着壁炉的热气生活的蟋蜂一样快乐。看着她的小孙女一副自己年轻时的模样，她真是从心眼儿里感到高兴。

祖孙两人有很多话要说，因为一个已经过完大半生，另一个人生才刚刚开始。

"你每天都在长大，"奶奶对芳绚说，"我呢，一天比一天矮喽，这会儿我想摸一摸你的额头都用不着弯腰啦。我在你的小脸上又看到了我年轻时曾有过的红润的玫瑰色，自己老了又有什么可怕的呢？我美丽的小芳绚！"

芳绚又要奶奶讲那些她很熟悉的故事，这已经是第一百次了，可她还是觉得一切都很新鲜，什么玻璃灯罩下闪闪发亮的花纸啊，什么画着我们的将军穿着帅气的制服打败敌人的图画啊，什么金色的茶杯啊——有些茶杯上的把子都掉了，还有爷爷的猎枪，那可是爷爷三十年前亲自挂在壁炉上方的钉子上的。

时间过得很快，现在是该准备午饭的时间了。奶奶拨了拨恹（yān）恹欲睡的火堆，然后在一个放了黄油和火腿的小平底锅里磕（kē）了几枚鸡蛋。

芳绚兴趣十足地看着火腿和鸡蛋变得金黄，在火上滋滋作响。奶奶的煎蛋比谁做得都好吃，奶奶的故事比谁讲得都更动听。

芳绚坐在小板凳上，下巴刚好可以伸到桌面上。她一边吃冒着热气的煎蛋，一边喝冒着气泡的苹果汁。

奶奶像往常一样,站在炉灶旁边吃起饭来,这是她多年养成的习惯。她右手拿着刀,左手拿着一块新鲜的面包。

等祖孙俩吃饱了,芳绚说:"奶奶,给我讲讲青鸟的故事吧。"

于是,奶奶就给芳绚讲起了坏仙女是怎么把王子变成一只天青色的小鸟的。后来,公主知道王子已经被变成了小鸟。当

看见小鸟满身是血,却还飞向关押她的那座塔楼的窗口时,她的心中万分凄楚。

芳绚听着这个故事,陷入了沉思。

"奶奶,"她说,"青鸟往关着公主的塔楼飞是很久以前的事吗?"

奶奶回答道:"是的,那是很久以前的事了,那时的飞禽走兽还会说话呢。"

"那就是你年轻的时候喽?"芳绚说。

"那时我还没出生呢。"奶奶说道。

于是,芳绚又说:"奶奶,那就是说,你出生之前世界上就有很多东西了?"

芳绚说完这话,奶奶递给她一个苹果和一大块面包,告诉她:"我的小妞妞,去吧,去院子里边吃边玩吧。"

芳绚走到院子里,那里有小树、小草、小花,还有各种小鸟……

二

芳绚不敢相信这世上竟然有如此美丽的院子。

她从兜里拿出小刀开始切面包,乡下人都这么吃。她先咬了一口苹果,接着又开始啃面包。

这时，一只小鸟飞到她的身边，在空中盘旋起来。过了一会儿，来了第二只、第三只；又过了一会儿，来了十只、二十只、三十只。它们都围着芳绚，有灰色的、红色的、黄色的、绿色的，还有蓝色的。每只小鸟都那么好看，都围着她唱歌。

一开始，芳绚不知道它们想要什么，但很快她就明白了，这些小鸟想吃面包，它们是小乞丐，是来乞食的，但它们也是小小的歌唱家。芳绚心地善良，根本无法拒绝用歌声来换面包的小鸟们。

她是一个乡下小丫头，她不知道，很久以前，在被蓝色大海冲刷过的白色岩石附近，有一位年岁已高的盲人，他当时就是靠给牧羊人唱歌讨面包吃的，他唱的那些歌让今天的学者都惊叹不已。芳绚用心听着小鸟们的歌唱，她把面包屑抛向空中，没有一颗碎屑掉在地上，因为小鸟们在空中就把面包屑叼走了。

芳绚看出来这些小鸟的脾气秉性并不完全一样。有的小鸟在她脚边围成一圈，等着面包屑掉进嘴里。它们很有智慧。可她看到身边还有一些小鸟没头没脑地围着她四处乱飞。她甚至还看到一只小鸟，像小偷一样恬不知耻地来啄她手中的面包片。

她干脆把面包片弄成碎屑，给所有的小鸟丢过去。可并不是所有的小鸟都能吃到。芳绚发现，面包屑都被那些胆子大的、身体灵活的小鸟抢走了，一点儿都不给其他小鸟留。

"这一点儿也不公平,"她对小鸟们说,"你们这些小家伙得轮流吃。"

可没有一只小鸟听她的话。根本没有哪只小鸟遵守公平的原则。

芳绚用尽办法想让那些身体最弱的小鸟多吃点儿,还鼓励那些胆小的小鸟过来吃,可她的努力并没有效果,不管她怎么做,永远都是胆大的有得吃,胆小的吃不到。这让她很生气,这个单纯的孩子还不知道世界本就如此。

面包片全都被她掰成了碎屑,全进了小歌唱家们的肚子里,而芳绚也心满意足地回到了奶奶的房子里。

三

夜幕降临时,奶奶拿出芳绚带来的装糕饼用的篮子,在里面放满了苹果和葡萄。她把篮子把手挂在小姑娘的手臂上,对她叮嘱道:"芳绚,要直接回家哟,路上不要和村里的孩子们疯玩,要一直做个乖女孩啊。再见啦。"

然后,她亲了亲芳绚。可芳绚站在门槛上一脸若有所思的样子。

"奶奶?"她说。

"怎么了,我的小芳绚?"

"我想知道,"芳绚说,"在那些吃我面包的小鸟中有没有漂亮的公主?"

"现在已经没有童话里的人物啦,"奶奶回答道,"小鸟只是小动物。"

"那好吧。再见了,奶奶。"

"再见了,芳绚。"

芳绚离开了,穿过草地向家走去。远远的,她看到家里的烟囱在一轮下山的红日的映照下正冒着烟。

路上,她遇到了小花匠安东尼。安东尼问她:"你来跟我一起玩吗?"

芳绚回答:"我不能和你一起玩,因为奶奶让我听话,不让我在半路上停下来。不过我倒是很喜欢你,这个苹果给你吧。"

安东尼接过苹果，亲了亲芳绚。

这两个孩子的感情很好。

她继续赶路，步伐不紧不慢，就像一个有教养的成年女人。

她听到身后传来动听的鸟叫，便转过头去，她认出来这些小鸟正是之前找她要食吃的那些小鸟。它们跟着她飞了过来。

"晚安，我的朋友，"她对小鸟们喊着，"晚安！该睡觉了，晚安！"

这些小鸟用歌声回答她，仿佛在说："愿上帝保佑你！"

一路上，小鸟们的歌声陪伴着她，就这样，芳绚回到了妈妈身边。

四

芳绚睡在她的小床上，房间里没有点蜡烛，这张床是村里的一位木匠用胡桃木做出来的，还带着床栏杆。

这位老木匠在教堂院子中的阴影里睡了许多年，他的床已经长满蔓草，而芳绚睡的小床是她爷爷小时候睡过的。现在，小姑娘正睡在爷爷之前睡过的床上。

一副印着树叶和花朵的棉布窗

帘守护着她的睡意,她睡着了,做起梦来。

梦里,她看到青鸟飞向囚禁了心上人的城堡,小鸟像星星那般美丽,但她没想到它竟落在自己的肩膀上。

她知道自己不是什么公主,更不会有变成天青色小鸟的王子来看她。

她告诉自己,所有的小鸟都不是王子,村子里的小鸟只是村子里的居民,但也许在它们中,有一位乡间的野小子被坏心眼儿的仙女变成了麻雀,说不定在这只麻雀的心中,在它灰扑扑的羽毛下面,藏着一份小芳绚对它的爱呢。

假如这只小麻雀真的飞来了,而芳绚也认出了它,那她不仅要喂它吃面包屑,还要喂它吃糕点,然后再给它一个吻。

她真的很想看到它。她真的看到了,它落到了她的肩膀上,原来是一只小麻雀,一只平凡无奇的小麻雀。

它一点儿也不珍稀,可它又机灵又活泼。

说实话,它看起来有点儿脏兮兮的,尾巴上也少了一撮毛,一定是在跟别的小动物战斗时被啄掉了,如果并非如此,那可能是村里哪个坏仙女故意把它变成这样的。

芳绚觉得它肯定是一只很顽皮的小麻雀,但她并不在乎她的小鸟有多任性,只要善良就够了。

她抚摸着它,呼唤着它,并且给它取了几个好听的名字。

突然间,它变大了,变得越来越高,翅膀也变成了两只胳膊——这只小麻雀变成了一个男孩子。芳绚认出来了,他是花匠的儿子安东尼。

他对她说:"芳绚,我们一起出去玩好吗?"她高兴地拍起手来,她要和他一起出去玩喽……

忽然,她醒了过来,揉了揉眼睛。

麻雀不见了,安东尼也不见了!只剩下她一个人躺在自己的房间里。

一缕曙光透过印着花朵的窗帘照进屋里,柔和的光线照在芳绚的床上。她听到小鸟们在花园里唱歌。

她穿着睡衣跳下小床,打开窗户向外

望去，在开满天竺（zhú）葵、玫瑰花、牵牛花的院子里，她认出了前一天的那群小乞讨者，那些小歌唱家们。

它们栖息在院子的篱笆（líba）墙上，站成了好几排，一起对她唱着婉转动听的歌曲。它们一定是前来报答她之前的投喂之恩的。